Deseo

# Emparejada con su rival

## Kat Cantrell

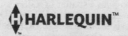

Editado por Harlequin Ibérica.
Una división de HarperCollins Ibérica, S.A.
Núñez de Balboa, 56
28001 Madrid

© 2014 Katrina Williams
© 2016 Harlequin Ibérica, una división de HarperCollins Ibérica, S.A.
Emparejada con su rival, n.º 130 - 22.6.16
Título original: Matched to Her Rival
Publicada originalmente por Harlequin Enterprises, Ltd.

I.S.B.N.: 978-84-687-7624-8
Depósito legal: M-8921-2016
Impresión en CPI (Barcelona)
Fecha impresion para Argentina: 19.12.16
Distribuidor exclusivo para España: LOGISTA
Distribuidores para México: CODIPLYRSA y Despacho Flores
Distribuidores para Argentina: Interior, DGP, S.A. Alvarado 2118.
Cap. Fed./Buenos Aires y Gran Buenos Aires, VACCARO HNOS.

# Capítulo Uno

En el mundo de los medios de comunicación, así como en la vida, la presentación primaba sobre todo lo demás. Por ello, Dax Wakefield jamás subestimaba el valor de causar una buena impresión.

La cuidadosa atención a los detalles era la razón del éxito de su imperio, un éxito que superaba lo que había podido nunca imaginar. Entonces, ¿por qué KDLS, la que había sido la joya de su corona, estaba teniendo unos índices de audiencia tan malos?

Dax se detuvo frente al mostrador de recepción del vestíbulo de la cadena de noticias que había ido a sacar a flote.

—Hola, Rebecca. ¿Cómo va Brian con las matemáticas este semestre?

La sonrisa de la recepcionista se amplió. Tras ahuecarse el cabello, echó los hombros hacia atrás para asegurarse de que Dax se percataba de su imponente figura.

Y claro que Dax se percató. Un hombre al que le gustaba tanto el cuerpo de una mujer como a él siempre se fijaba.

—Buenos días, señor Wakefield —gorjeó Rebecca—. En el último boletín de calificaciones ha sacado un aprobado. Ha mejorado mucho. ¿Cómo es posible que se acuerde de eso? Hace ya más de seis meses que le comenté lo de las notas de mi hijo.

A Dax le gustaba recordar al menos un detalle personal de cada uno de sus empleados para tener algo de lo que hablar con ellos. Un hombre de éxito no era solo el que tenía más dinero, sino el que dirigía mejor sus negocios, y nadie podía hacerlo solo. Si los empleados estaban contentos con su jefe, le eran fieles y se esforzaban al máximo por llevar a cabo sus cometidos.

Normalmente, Dax tenía pocas preguntas para Robert Smith, el director de la cadena, sobre los últimos índices de audiencia. Alguien estaba realizando mal su trabajo.

Dax se golpeó suavemente la sien y sonrió.

–Mi madre me anima a usar esto para el bien en vez de para el mal. ¿Está Robert?

La recepcionista asintió y apretó el botón que abría la puerta de seguridad.

–Están grabando. Estoy segura de que estará cerca del plató.

–Saluda a Brian de mi parte –le dijo Dax mientras atravesaba la puerta para adentrarse en el mayor espectáculo de la Tierra: las noticias de la mañana.

Los cámaras y los técnicos de iluminación iban de un lado a otro, los productores caminaban con mucha prisa por encima de los gruesos cables con una tableta en las manos. En medio de todo aquel bullicio estaba sentada la estrella de KDLS, Monica Mc-

Creary. Estaba charlando frente a las cámaras con una mujer menuda de cabello oscuro que, a pesar de su corta estatura, tenía unas piernas espectaculares. Sacaba mucho partido a lo que tenía, y Dax apreciaba el esfuerzo.

Se detuvo en medio de aquel caos y se cruzó de brazos. Por fin, cruzó la mirada con el director de la cadena. Robert asintió y se abrió pasó entre aquella marabunta de empleados y equipo para reunirse con él.

—Has visto los índices de audiencia, ¿no? —murmuró Robert.

El sensacionalismo era la clave. Si no ocurría algo merecedor de ser noticia, su trabajo era inventarse algo por lo que mereciera la pena ver televisión y asegurarse de que llevaba el sello de Wakefield Media.

—Sí —contestó Dax sin más. Tenía todo el día y el equipo estaba grabando en aquellos momentos—. ¿Qué segmento es este?

—El de los propietarios de negocios de Dallas. Dedicamos un programa a uno cada semana. Es asunto de interés local.

¿La de las piernas espectaculares era dueña de su propio negocio? Interesante. Las mujeres inteligentes le atraían mucho.

—¿Y a qué se dedica? ¿A los *cupcakes*?

Incluso desde la distancia, aquella mujer rezumaba fuerza. Era del tipo de las animadoras de fútbol, pizpireta y llena de energía, de las que nunca aceptaban nada que no les gustara.

A Dax no le importaría disfrutar de un *cupcake*.

–No. Dirige un servicio de citas –comentó Robert–. EA International. Acepta tan solo clientes muy exclusivos.

Dax sintió una extraña sensación en la nuca y dejó de pensar inmediatamente en *cupcakes*.

–Conozco la empresa.

Dax entornó la mirada y observó a la empresaria de Dallas por quien había perdido a su mejor amigo.

La presentadora se rio de algo que la casamentera le había dicho y se inclinó hacia su invitada.

–Entonces, ¿usted es el equivalente que se puede encontrar en Dallas a un hada madrina?

–Me gusta considerarme como tal. ¿Quién no necesita un poco de magia en su vida? –preguntó la casamentera. El cabello oscuro y brillante se le meneaba al hablar, dado que no paraba de gesticular con las manos. Su expresión era muy animada.

–Recientemente, emparejó al príncipe de Delamer con su prometida, ¿no es así? Estoy segura de que todas las mujeres la maldicen por ello.

–No puedo darme crédito por eso –respondió la casamentera con una sonrisa–. El príncipe Alain, más conocido como Finn, y Juliet tenían una relación previa. Yo simplemente les ayudé a darse cuenta de que lo suyo aún seguía vivo.

Dax no podía dejar de mirarla. Por mucho que no le gustara admitirlo, la casamentera iluminaba el plató. La presentadora estrella de KDLS no era más que un cuerpo celestial menor comparado con el sol que representaba aquella mujer. Y Dax nunca subestimaba el poder de las estrellas.

Ni el elemento sorpresa.

Entró en el plató e indicó a la presentadora que se marchara con un movimiento de cabeza.

—Ahora sigo yo, Monica. Gracias.

A pesar de aquella petición tan poco usual, Monica sonrió y se levantó de su silla sin realizar comentario alguno. Nadie se atrevió a pestañear. Al menos, nadie que trabajara para él.

Mientras Dax se disponía a tomar asiento, la invitada le espetó:

—¿Qué es lo que está pasando aquí? ¿Quién es usted?

Un hombre que reconocía una oportunidad de oro para mejorar los índices de audiencia.

—Dax Wakefield. Soy el dueño de esta cadena —dijo él sin inmutarse—. Y esta entrevista ha empezado de nuevo oficialmente. Se llama Elise, ¿verdad?

La confusión de ella pareció acrecentarse. Cruzó las espectaculares piernas y se reclinó sobre la silla con cautela.

—Sí, pero usted puede llamarme señora Arundel.

Ella había reconocido el nombre de Dax. Que empezara la diversión.

Él lanzó una suave carcajada.

—¿Y qué le parece si la llamo señora Abracadabra? ¿No es eso lo que hace usted, hacerles trucos a sus inocentes clientes? Usted ejerce de hada madrina con las mujeres para que engañen a hombres adinerados.

Aquella entrevista acababa de convertirse en la mejor manera de servir la venganza. Si además de subir los índices de audiencia lograba desacreditar a EA International, mucho mejor. Alguien tenía que salvar al mundo de las mercenarias clientas femeninas de aquella casamentera.

—Mi trabajo no consiste en eso —replicó ella mirándolo con desprecio. Su expresión distaba mucho de la típica sonrisa sensual que indicaba que una mujer estaría encantada de seguir hablando del tema mientras tomaban unas copas, que era la expresión que Dax solía encontrar en la mayoría de las mujeres.

Aquello le abrió el apetito para conseguir que saltaran las chispas en pantalla de un modo muy diferente.

—Ilumínenos entonces —comentó él con tono magnánimo y un suave gesto de la mano.

—Yo uno almas gemelas —replicó Elise Arundel tras aclararse la garganta y volver a cruzar las piernas como si no pudiera encontrar una postura cómoda—. Algunas personas necesitan más ayuda que otras. Algunos hombres carecen de tiempo y de paciencia para buscar pareja. Yo lo hago en su nombre. Al mismo tiempo, un hombre de posibles necesita una clase de compañera muy concreta, una que no se encuentra fácilmente. Yo amplío las posibilidades puliendo a algunas de mis clientas femeninas para convertirlas en diamantes dignos de aparecer en los círculos sociales más altos.

–Venga ya… Usted prepara a esas mujeres para convertirlas en unas cazafortunas.

Eso era lo que había hecho con Daniella White, cuyo apellido había cambiado por el de Reynolds porque había conseguido cazar a Leo, el amigo de Dax. Poco después, Leo dejó de lado a Dax en favor de su esposa. Una amistad de quince años al garete. Por una mujer.

La sonrisa de Elise se endureció.

–¿Acaso está sugiriendo que las mujeres necesitan que les enseñe cómo casarse con un hombre por su dinero? Dudo que nadie con ese objetivo en mente necesite ayuda para afinar su estrategia. Mi negocio es hacer que las vidas de las mujeres mejoren presentándoles a sus almas gemelas.

–¿Y por qué no les paga para que vayan a la universidad y deja que encuentren ellas solas sus propias parejas? –repuso Dax rápidamente.

Los que observaban la escena se rebulleron y murmuraron un poco, pero ni Dax ni Elise apartaron la mirada el uno del otro. El aire parecía restallar entre ellos. Aquella entrevista iba a quedar perfecta en pantalla.

–Las oportunidades académicas ya están disponibles. Yo estoy ocupando otro hueco, ayudando a la gente a conocerse. Se me da bien mi trabajo. Usted más que nadie debería saberlo.

Dax sonrió y decidió que lo mejor era seguir manteniendo el suspense. Sin embargo, no pudo contenerse.

–¿Y por qué iba a saberlo? ¿Porque usted, de un

plumazo, arruinó una aventura empresarial y una larga amistad cuando le presentó esa cazafortunas a Leo?

Aparentemente, la herida no había cicatrizado.

Compañeros de habitación durante los años de universidad, amigos que veían el mundo a través de la misma lente, Leo y él creían completamente en el poder del éxito y de la hermandad. Las mujeres eran para disfrutarlas hasta que dejaban de ser útiles. Así fue entre ellos hasta que llegó Daniella. De algún modo, ella consiguió que Leo se enamorara y le lavó el cerebro a su amigo para que perdiera el olfato empresarial más implacable.

En realidad, no creía que todo aquello hubiera sido culpa exclusivamente de Daniella. Ella lo había instigado, pero Leo había sido el responsable de anular el trato con Dax. Los dos amigos habían perdido una cantidad de dinero que contaba con siete cifras. Después, Leo concluyó su amistad sin motivo alguno.

El dolor que sintió por la traición de su amigo aún tenía el poder de causarle el mismo efecto que un puñetazo en el estómago. Por eso no era bueno confiar en la gente. Todo el mundo terminaba pisoteándolo a uno.

—¡No! —exclamó ella con frustración. Cerró los ojos un instante para tratar de encontrar una respuesta—. Yo me limité a ayudar a dos personas a que se encontraran y se enamoraran. Algo real y duradero ocurrió ante sus ojos y usted pudo ser testigo de lo que ocurría desde la primera fila. La compatibilidad de Leo y Daniella es increíble. Y de eso se encarga mi programa informático. Empareja a las personas según quienes son.

—La magia a la que usted aludía antes —comentó Dax—. ¿Verdad? Desgraciadamente, es todo humo y espejos. Usted le dice a esas personas que son compatibles y ellos se lo creen. El poder de la sugestión. En realidad, es brillante.

Y lo decía en serio. Si había alguien que conociera los beneficios del humo y de los espejos era él. Mantenía a todo el mundo distraído de lo que realmente estaba ocurriendo detrás de la cortina, que era donde estaba lo importante.

Elise se sonrojó, pero no dejó de defenderse.

—Es usted un cínico, Dax Wakefield. Solo porque usted no crea en lo de ser felices para siempre no significa que no pueda ocurrir de verdad.

—Es cierto —admitió él—. Y falso. Estoy dispuesto a admitir que soy un cínico, pero lo de ser felices para siempre es un mito. Las relaciones largas consisten en que dos personas han acordado soportarse el uno al otro. No es necesario añadir ridículas mentiras sobre eso de amarse el uno al otro para siempre.

—Eso es… —susurró ella. No era capaz de encontrar la palabra, por lo tanto, Dax la ayudó.

—¿Realidad?

Su madre se lo había demostrado abandonando a su padre cuando Dax tenía siete años. Su padre jamás se había recuperado y nunca había dejado de esperar que ella regresara. Pobre infeliz.

–Triste –le corrigió ella con una frágil sonrisa–. Debe de estar usted muy solo.

Dax parpadeó.

–Vaya, jamás me habían llamado eso antes. Podría tener quince citas para esta noche en menos de treinta segundos.

–Está usted peor de lo que había pensado –replicó ella volviendo a descruzar y cruzar las piernas. Dax no pudo ignorar aquel gesto–. Usted necesita encontrar el amor de su vida –añadió inclinándose ligeramente hacia él–. Inmediatamente. Y yo puedo ayudarle.

La carcajada que Dax soltó al escuchar aquellas palabras le sorprendió hasta a él. Porque no tenía nada de gracia.

–¿Qué parte no le ha quedado clara? ¿La parte en la que le he dicho a usted que es un fraude o la parte en la que le he dicho que no creo en el amor?

–Me ha quedado todo muy claro –dijo ella tranquilamente–. Está usted tratando de demostrar que mi negocio, el trabajo de toda mi vida, es un fraude. Pero no podrá hacerlo, porque puedo encontrarle pareja hasta al más negro de los corazones. Incluso al suyo. ¿Quiere demostrar algo? Déjeme que ponga su nombre en mi ordenador.

Aquello había sido un golpe bajo. Lo había engañado y no se había dado cuenta hasta que había sido demasiado tarde.

Contra todo pronóstico, sintió un enorme respeto por Elise Arundel. Demonios. En realidad, hasta le gustaba su estilo.

***

Elise se secó las manos, sudorosas, contra la falda y rezó para que el pomposo señor Wakefield no se percatara. Aquella no era la entrevista estructurada y afable que le habían prometido. De haberlo sabido, jamás se habría sentado en aquel plató.

Aquello no era su punto fuerte, como tampoco lo era tratar con playboys ricos, mimados y demasiado atractivos que despreciaban todo en lo que Elise creía.

Dax Wakefield jamás aceptaría su oferta. Los hombres como él no necesitaban una casamentera. Las relaciones superficiales y sin sentimientos eran fáciles de encontrar, en especial para alguien a quien, evidentemente, se le daba tan bien llevarse a las mujeres a la cama.

Dax se acarició la mandíbula y la observó atentamente.

—¿Me está proponiendo buscarme una pareja?

—No solo una pareja —le corrigió ella inmediatamente. Apartó inmediatamente la mirada del pulgar con el que él se estaba acariciando la esculpida mandíbula—. El verdadero amor. Yo me ocupo de los finales felices y para toda la vida.

Sí. Así era. Y aún no había encontrado una persona a la que no pudiera proporcionárselo. No iba a ser aquella la primera vez.

Emparejar corazones le proporcionaba una profunda satisfacción en muchos sentidos. Casi le compensaba por el hecho de no haber encontrado su propia alma gemela. Sin embargo, la esperanza era eterna. Si los cinco matrimonios y las docenas de constantes aventuras de su madre no le hubieran arrebatado el optimismo y la creencia absoluta en el poder del amor, Dax Wakefield no iba a conseguirlo tampoco.

–Hábleme sobre su propio final feliz. ¿Es el señor Arundel su único y verdadero amor?

–Estoy soltera –admitió ella, Era una pregunta habitual que le hacían sus clientes–, pero eso no tiene nada que ver con la eficacia de mis servicios. Usted no decide no utilizar una agencia de viajes solo porque la persona que lo atiende no haya estado en el hotel al que usted quiere ir, ¿verdad?

–Es cierto, pero sí que me preguntaría por qué esa persona trabaja en una agencia de viajes si jamás se ha montado en avión.

Todos los presentes soltaron una risa.

A ella le encantaría montarse en un avión si aparecía el hombre adecuado. Sin embargo, sus clientes siempre eran la pareja perfecta para otra persona y no para ella. Además, no se le daba muy bien acercarse en público a hombres interesantes para presentarse. Los viernes por la noche, le resultaba más seguro ver una película romántica que enfrentarse a las dudas sobre si no era lo suficientemente buena o lo suficientemente delgada para salir con un hombre.

Solo había accedido a aquella entrevista para promocionar su negocio. Era un mal necesario y tan solo el éxito de EA International podría haberla animado a convertirse en un espectáculo público.

–Yo siempre vuelo en primera clase, señor Wakefield –respondió, aunque con voz algo temblorosa–. En cuanto usted esté listo para embarcar, venga a verme y le pondré en el avión adecuado para llegar al destino perfecto.

–¿Qué tengo que hacer? –preguntó él–. ¿Rellenar un perfil *online*?

¿Significaba aquella pregunta que estaba considerándolo? Tragó saliva.

Tenía que convencerlo para que no aceptara. En primer lugar, la idea era una estupidez. Sin embargo, ¿cómo si no podría haber respondido? Dax Wakefield estaba despreciando no solo su profesión sino también su empresa

–Los perfiles *online* no funcionan –respondió ella–. Para encontrar a su alma gemela, tengo que conocerlo a usted personalmente.

Dax entrecerró los ojos y le dedicó una devastadora sonrisa que produjo un efecto no deseado en Elise.

–Eso me intriga mucho. ¿Cómo de personal tiene que ser, señorita Arundel?

¿Estaba flirteando con ella?

–Muy personal. Le tengo que hacer una serie de preguntas muy íntimas. Cuando termine, le conoceré a usted mejor que su propia madre.

Una sombra oscura recorrió la mirada de Dax, pero él la disimuló rápidamente.

–Vaya, pero yo no le cuento a nadie mis cosas así

como así, y mucho menos si no es mi mamá. Si accedo a esa entrevista, ¿qué ocurre si no encuentro el verdadero amor? Se demostrará que usted es un fraude. ¿Está usted dispuesta a eso?

—No me preocupa —mintió ella—. Lo único que le pido es que se lo tome en serio. Nada de engañarme. Si se compromete al proceso y no encuentra el verdadero amor, asegúrese de que todo el mundo se entera de que no soy tan buena como digo que soy.

Y, por supuesto, era muy buena. Ella misma había preparado el programa, había invertido horas y horas para crear un código que resultara ser blindado. Nunca se rendía hasta que solucionaba cualquier problema que este pudiera tener. Los números eran su refugio, el lugar donde encontraba la paz.

A un código bien escrito no le importaba cuántas barritas de chocolate se tomara ni la facilidad con la que se le acumularan en las caderas.

—En ese caso, trato hecho —dijo él—. Sin embargo, es demasiado fácil. No puedo perder bajo ningún concepto.

—En eso tiene razón. No puede perder de ninguna manera. Si no encuentra el amor, podrá destrozar mi negocio y convertirlo en lo que se le antoje. Si encuentra el amor... bueno... será feliz. Y estará en deuda conmigo —añadió encogiéndose de hombros.

—¿Acaso el amor no es su propia recompensa? —preguntó el levantando una ceja.

Estaba jugando con ella y Elise no iba a permitírselo.

–Yo dirijo un negocio, señor Wakefield. Estoy segura de que se hará cargo de que tengo gastos. El humo y los espejos no son gratuitos.

Dax soltó una carcajada que la atravesó por todas partes. Efectivamente, era una carcajada muy hermosa. Era lo único hermoso que tenía, aunque debía admitir que Daniella había dado en el clavo cuando describió a Dax Wakefield como «un bombón un poco arrogante y un cierto aire de reptil».

–Tenga cuidado, señorita Arundel. No creo que quiera dejar al descubierto todos sus secretos en un noticiario de la mañana.

Dax sacudió la cabeza y el cabello que tan cuidadosamente le habían peinado volvió a caer en su lugar.

–No estoy revelando nada, en especial nada relacionado con mis habilidades para emparejar almas gemelas –replicó Elise mientras se reclinaba en su butaca. Cuanto más lejos estuviera de Dax Wakefield, mejor para ella–. Entonces, si usted encuentra el verdadero amor, accederá a darle publicidad a mi empresa. Tal y como lo haría un cliente satisfecho.

Él levantó las cejas con gesto sorprendido. Esa reacción le proporcionó a Elise una ligera satisfacción que no le avergonzó en absoluto reconocer.

Si aquella conversación se hubiera referido a otro asunto que no fuera EA International, la empresa a la que le había dedicado toda su vida desde hacía siete años se habría quedado sin saber qué decir y habría buscado desesperadamente la salida más cercana.

Sin embargo, el hecho de que hubiera atacado a su negocio lo convertía en algo muy personal. ¿Y a qué se debía ese ataque? ¿Al hecho de que el amigo de Dax Wakefield había decidido distanciarse de él? Evidentemente, Dax necesitaba culpar a alguien por el hecho de que Leo se hubiera enamorado de Dannie, pero jamás estaría dispuesto a admitirlo. Elise se había convertido en su chivo expiatorio.

–¿Quiere que dé publicidad a sus servicios? –preguntó él lleno de incredulidad.

–Si encuentra el amor, por supuesto. Yo también debería sacar algo de este experimento. Un cliente satisfecho es la mejor referencia –observó ella. Un cliente satisfecho que antes se había mostrado contrario a su trabajo en público valía más de un millón de dólares en publicidad–. Incluso le perdonaré mis honorarios si así se diera el caso.

–Ahora sí que ha despertado mi curiosidad. ¿Y cuál es la tarifa estándar por encontrar el amor verdadero hoy en día?

–Quinientos mil dólares –dijo ella sin inmutarse.

–Eso es un escándalo –repuso Dax, aunque parecía impresionado.

–Tengo docenas de clientes que le mostrarían su desacuerdo. Por supuesto, garantizo mis honorarios. Si un cliente no encuentra a su alma gemela, le devuelvo su dinero. Bueno, no a usted, claro

18

está –admitió–. Usted consigue que yo me quede sin negocio.

Fue entonces cuando Elise se dio cuenta de su error. Solo se podía encontrar el alma gemela para una persona que tuviera alma. Resultaba evidente que Dax Wakefield había vendido la suya hacía ya mucho tiempo. Aquel asunto no podía terminar bien.

Tenía que marcharse de aquel plató antes de que todos los ojos que los observaban, las luces y las cámaras la cocieran como si fuera un pastel.

Dax Wakefield, por su parte, se frotó las manos con algo muy parecido a la satisfacción y guiñó un ojo.

–Se trata de una propuesta que no puedo perder. Soy un hombre de negocios. Por ello, le ofrezco algo mejor que una simple referencia. Con esa cantidad de dinero se puede comprar un anuncio de quince segundos durante la Super Bowl. Si consigue salirse con la suya y emparejarme con mi verdadero amor, alabaré sus facultades para el negocio justo antes del descanso en un anuncio en el que *moi* será el protagonista.

–No lo hará –dijo ella mientras observaba atentamente el hermoso rostro de Dax para tratar de encontrar algo que le revelara las verdaderas intenciones que él tenía.

No encontró nada más que sinceridad.

–Lo haré –replicó él–, aunque estoy seguro de que no será necesario. Para ganar, necesitará usted mucho más que espejos y humo.

Para ganar. Como si aquello fuera una carrera.

–¿Por qué? ¿Porque, incluso aunque se enamore, fingirá que no ha sido así?

Dax la miró con un brillo letal en los ojos.

–Le he dado mi palabra, señorita Arundel. Tal vez sea un cínico, pero no soy un mentiroso.

Elise le había ofendido, pero la contrariedad desapareció de su rostro tan rápidamente que ella habría podido pensar que lo había imaginado. Sin embargo, sabía muy bien lo que había visto. Dax Wakefield no se permitiría ganar de otro modo que no fuera clara y limpiamente. Y eso le hizo decidirse.

Aquella apuesta tenía tanto que ver con ella como con EA International. Se trataba de la visión que Dax tenía del amor y de las relaciones frente a la que ella defendía. Si Elise lo emparejaba con su alma gemela, habría demostrado de una vez por todas que no importaba lo que ella y su empresa parecieran ser. Emparejar a personas que querían enamorarse resultaba muy fácil. Encontrar el amor para un recalcitrante cínico supondría un logro que merecería las alabanzas de todo el mundo.

Su inteligencia era su mejor cualidad, y lo demostraría públicamente. Por fin, conseguiría que desapareciera la niña gordita y de baja estatura que quería que su madre la amara a pesar de su excesivo peso y escasa altura.

–En ese caso, trato hecho.

Sin dudarlo, extendió la mano y estrechó la que él le ofrecía.

Una chispa eléctrica saltó entre ellos, pero Elise se negó a mirar las manos. Desgraciadamente, la sensación parecía peligrosa y provocó una ligera sensación de vértigo en su interior, que la mirada de Dax se encargó de intensificar aún más.

Dios Santo… ¿En qué lío se había metido?

# *Capítulo Dos*

Las secuencias sin cortes eran excepcionales. Elise Arundel brillaba frente a las cámaras, tal y como Dax se había imaginado. Era una mujer impresionante y muy animada. Una verdadera descarga eléctrica. Se asomó para mirar el monitor por encima del hombro del productor y se ganó una mirada de incomodidad de este, que estaba intentando hacer su trabajo.

–Bien –asintió Dax–. Termina de editarlo y emite esa entrevista. Es muy buena.

El hada madrina de Dallas iba a agitar su varita mágica y le iba a dar a KDLS los índices de audiencia más altos que la cadena había visto en dos semanas. Tal vez incluso en todo el año.

Merecía la pena tener que pasar por todo lo que marcara aquel ridículo proceso de la señorita Arundel. El fracaso a la hora de encontrarle su alma gemela sería tan humillante que tal vez no sería necesario que Dax hiciera nada en contra de la empresa.

Sin embargo, todo dependía de lo mal que Elise tratara deliberadamente de hacérselo pasar. No tenía duda de que ella se esforzaría al máximo.

Quince minutos después, el productor tenía

la entrevista preparada. Todos observaron cómo empezaba a desarrollarse en los monitores. La casamentera se resistía mientras Dax trataba de machacarla. La cámara incluso captó el único instante que ella le había hecho perder el ritmo.

En realidad, había ocurrido en dos ocasiones, pero nadie más que Dax se había dado cuenta. Él era un maestro a la hora de asegurarse de que todo el mundo viera precisamente lo que él quería.

Elise Arundel era otra cosa. Tenía que admitirlo.

Era una pena que aquellas imponentes piernas estuvieran unidas a una romántica tan mal encaminada, a quien él debería odiar más de lo que en realidad la odiaba.

Dax se pasó el resto del día con reuniones con el equipo de la cadena, machacando a cada departamento con la misma facilidad que lo había hecho con Elise. A la hora de almorzar tenían ya cifras sobre la entrevista y, efectivamente, eran muy buenas. Sin embargo, un día con buenos índices de audiencia no compensaba lo ocurrido en el último trimestre en la cadena.

Justo cuando Dax se puso al volante de su Audi, le zumbó el teléfono móvil. Rápidamente abrió el mensaje y comenzó a leerlo.

*¿Podrías tener citas con cinco mujeres diferentes? Dado que estás a punto de conocer al amor de tu vida, que aparentemente no soy yo… que sean mejor cuatro. No quiero volver a verte.*

*Jenna*

Dax lanzó una maldición. ¿Cómo se había podido olvidar de que Jenna estaría viendo casi con toda seguridad el programa? Tal vez lo peor de todo era que se había olvidado de la pelirroja con la que llevaba saliendo cuatro… no, cinco semanas. ¿O eran ya más bien seis?

Volvió a lanzar otra maldición. Aquella relación se había extendido mucho más allá de su fecha de caducidad, no obstante, ella se habría merecido no haberse enterado por un programa de televisión.

La próxima vez, sería mucho más claro desde el principio. Dax Wakefield se sumaba a los principios del placer. Le gustaba que sus mujeres fueran divertidas, sensuales y, sobre todo, libres. Cualquier relación que fuera más profunda que eso suponía trabajo, y eso a él ya le sobraba.

Se marchó a su casa, al *loft* que se había comprado en Deep Ellum antes de que aquella zona se convirtiera en un lugar de moda mientras iba revisando mentalmente sus contactos para encontrar una mujer así. No recordó el nombre de nadie. Probablemente todas las mujeres a las que conocía habían visto el programa. No parecía que hubiera mucho sentido en dejarse ver unas cuantas veces más aquella noche.

Sin embargo, pasar la noche solo le escocía…

Como tenía hambre, dejó su maletín junto a la puerta y se dirigió hacia la moderna cocina para inspeccionar el contenido de su despensa.

Mientras hervía pasta, se divirtió recordando la diabólica sonrisa de Elise cuando le sugirió a Dax que le permitiera introducir su nombre en el ordenador. Lo más extraño era que tenía ganas de tener un nuevo enfrentamiento verbal con ella.

A la mañana siguiente, Dax decidió ir en coche a su despacho en el centro de la ciudad. Normalmente iba andando para hacer ejercicio y para evitar el tráfico de Dallas, pero Elise le había dado cita a las diez en punto de la mañana, tal y como ambos habían acordado.

A las nueve cuarenta y siete, él ya había participado en tres reuniones telefónicas, había firmado un contrato para la compra de un periódico regional, había leído y respondido su correo electrónico y se había tomado dos tazas de café. Dax vivía para Wakefield Media.

Desgraciadamente, tendría que sacrificar parte de su día con el hada madrina, tal y como él mismo había dicho que haría. La madre de Dax era una mujer de corazón frío y de poco fiar, pero, con su marcha, le había enseñado la importancia de cumplir con su palabra. Por eso, Dax raramente prometía nada.

EA International estaba en un bonito edificio de oficinas en las afueras de la ciudad. Un elegante y discreto logotipo en la puerta sugería elegancia y sofisticación, exactamente el tono adecuado cuando los clientes de aquella empresa eran ejecutivos y empresarios de prestigio.

La recepcionista tomó su nombre y Dax esperó

hasta que ella le acompañó a una sala con dos butacas de cuero y una mesa baja. Sobre esta, había dos libros, uno de ellos con un pez azul y dorado en la cubierta y el otro con una catarata.

Aburrido. ¿Acaso la señorita Arundel esperaba adormilar a sus clientes mientras que ella se disponía a engañarles?

Elise entró en la sala. El golpeteo de los tacones de sus zapatos sobre el suelo de madera anunció su presencia. Dax levantó la mirada lentamente, empezando por los zapatos, las bien torneadas piernas y una falda color burdeos que le sentaba muy bien y que llevaba a juego con la americana. Normalmente, le gustaban las mujeres más altas, pero en aquellos momentos fue incapaz de recordar el porqué. Siguió subiendo, disfrutando plenamente del viaje hasta el rostro, que había olvidado que fuera tan seductor.

La energía que emanaba de ella se apoderó de él y le provocó un hormigueo en la piel, desconcertándolo durante un instante.

–Llega tarde.

Ella no se dejó intimidar.

–Usted ha llegado tarde primero.

No tan tarde. Diez minutos. Tal vez. Fuera como fuera, ella le había hecho esperar en aquella sala a propósito. Un punto para la casamentera.

–¿Acaso está tratando de darme una lección?

–Di por sentado que no se iba a presentar y acepté una llamada. No se olvide que dirijo un negocio –dijo ella mientras se acomodaba en la otra butaca.

Su rodilla rozó suavemente la de Dax, pero ni siquiera pareció percatarse. Dax sentía un hormigueo insoportable, pero ella se cruzó simplemente de piernas sin inmutarse.

Igual de casualmente, Dax volvió a dejar sobre la mesa el libro de los peces.

–Ha sido un día muy ocupado. El espectáculo no sigue sin que mi menda se ocupe de ciertas cosas.

Sin embargo, eso no excusaba que hubiera llegado tarde. Los dos eran dueños de un negocio y él no se había mostrado respetuoso hacia Elise. No había sido a posta, pero tenía que reconocerlo.

–Usted se comprometió a esto. La sesión de creación del perfil dura varias horas. Aguántese o cállese.

¿Horas? Dax estuvo a punto de soltar un gruñido. ¿Cómo era posible que se tardara tanto tiempo en descubrir que le gustaba el fútbol, que odiaba a los Dallas Cowboys, que bebía cerveza negra e importada o que prefería el mar a la montaña?

Dax se sacó el teléfono móvil.

–Deme su número de móvil –dijo. Elise frunció el ceño y estaba tan mona que Dax se echó a reír–. Si esto va a durar horas, tendremos que dividirlo en sesiones. Así, cuando vaya a llegar tarde, podré enviarle un mensaje para avisarla.

–¿De verdad?

Dax se encogió de hombros. No estaba seguro de por qué el desprecio que había en el tono de su voz le puso el vello de punta.

–A la mayoría de las mujeres les parece considerado que se les informe si un hombre va a llegar tarde. Le ruego que me disculpe por haber pensado que usted forma parte de la categoría de mujeres a las que les gusta un hombre considerado.

–Disculpas aceptadas. Ahora ya sabe que yo formo parte de la categoría de mujeres que piensan que enviar un mensaje es escaquearse de sus responsabilidades. Pruebe a llamar por teléfono en alguna ocasión –replicó ella con una sonrisa–. Mejor aún, sea puntual.

–¿Preguntas personales y puntualidad? Creo que es usted muy dura, señorita Arundel.

Por el momento, había evitado darle su número de teléfono. En realidad, Dax no quería llamarla, pero… Resultaba una novedad que una mujer atractiva se negara a darle su número de teléfono.

–Puede llamarme Elise.

–¿De verdad?

Fue una mísera repetición de lo que ella le había dicho antes, pero Dax no se había podido contener.

–Vamos a trabajar juntos. Me gustaría que usted estuviera más cómodo conmigo. Espero que así le ayude a ser más sincero a la hora de responder las preguntas del perfil.

–Ya le he dicho que no soy mentiroso, tanto si la llamo Elise, señorita Arundel o cariño mío.

La dureza que había en la mirada de Elise se deshizo ligeramente y los iris de sus ojos se tornaron de una cálida tonalidad chocolate. Lanzó un suspiro.

–Ahora me toca a mí disculparme. Sé que no quiere estar aquí y me siento algo incómoda al respecto.

–Pues ahora el confuso soy yo –replicó Dax–. Claro que quiero estar aquí. Si no fuera sí, no habría accedido a nuestro trato. ¿Por qué piensa eso?

Elise evaluó la expresión del rostro de Dax durante un instante. Se colocó un mechón de cabello detrás de la oreja, dejando así al descubierto un pálido cuello que él sintió un profundo deseo de explorar. Dax ansiaba ver si podía hacer que aquellos ojos tan duros se licuaran un poco más. El deseo en estado puro se apoderó de su vientre.

«Tranquilo, muchacho».

Elise le odiaba. Y él tampoco la soportaba ni a ella ni a nada que Elise pudiera representar. Estaba allí para que pudiera emparejarlo con una mujer que fuera una más en una larga lista de exnovias y después poder declarar que EA International era un fraude. No estaba dispuesto a perder aquel desafío.

–Normalmente, cuando alguien llega tarde, es psicológico –dijo ella inclinando ligeramente la cabeza, como si tuviera que resolver un rompecabezas pero no diera con la manera de enfocarlo.

–¿Me está tratando de analizar?

–Bueno, tengo el título de psicología.

–¿Sí? Yo también.

Los dos se miraron muy fijamente durante unos instantes, lo suficiente para que Dax experimentara una extraña sensación en el abdomen. ¿Qué era lo que tenía aquella mujer que jamás dejaba de intrigarle?

Elise rompió el contacto con él y comenzó a escribir con furia en su cuaderno. El rubor le cubría las mejillas. Ella también había sentido algo.

Dax quería saber más sobre Elise Arundel sin divulgar nada sobre sí mismo.

–La información sobre mi título universitario ha sido gratis –dijo él–. Todo lo demás que quiera saber y que sea personal va a costarle.

–¿Costarme? –preguntó Elise, con cierto recelo.

Cuando los ojos color humo de Dax volvieron a centrarse en ella, Elise estuvo segura de que debería tener miedo y estar arrepentida a la vez. En sus ojos se adivinaba un fuego que acababa de empezar a arder, un fuego lleno de deliciosas y cálidas promesas. Un fuego que podría destruir cualquier cosa si se le permitía arder.

–Le costará una respuesta. Lo que me pregunte a mí, tendrá que responderlo usted también.

–Esto no funciona así. No estoy tratando de emparejarme yo también.

A pesar de que llevaba en el sistema siete años ya. Elise había introducido su perfil el primero para construir el código de preguntas y respuestas. Si surgía un emparejamiento para ella, no habría nada de malo en encontrar en el proceso su propia alma gemela, ¿verdad?

–Vamos, sea justa. Así me sentiré más cómodo a la hora de revelarle los secretos más oscuros de mi alma.

Elise sacudió la cabeza.

–Las preguntas no tienen como objetivo que usted me cuente sus secretos más oscuros.

Efectivamente, las preguntas estaban diseñadas para ir apartando poco a poco las capas más superficiales y encontrar por fin a la verdadera persona que estas ocultaban. Si eso no era encontrar los secretos más oscuros... ¿Cómo si no iba a encontrar la pareja perfecta para su cliente?

–Vamos a descubrirlo –dijo él relajadamente–. ¿Cuál era la primera?

–Nombre –susurró ella a duras penas.

–Daxton Ryan Wakefield. Daxton es el apellido de soltera de mi abuela y Ryan es el nombre de mi padre –explicó él fingiendo echarse a temblar–. Me siento expuesto compartiendo mi historia con una completa desconocida. Ayude a su cliente. Le toca a usted.

–Shannon Elise Arundel.

¿Cómo se le había podido escapar su nombre completo? Hacía años que no le decía a nadie que su nombre completo era Shannon. El escalofrío que le recorrió el cuerpo no fue fingido.

«Shannon, deja ese pastel. Shannon, ¿te has pesado hoy? Shannon, tal vez no puedas crecer más verticalmente, pero eso no significa que tengas que hacerlo horizontalmente».

Aquellas palabras iban siempre acompañadas de la mirada de desaprobación que su madre le dedicaba en ocasiones de gran desilusión.

–¿No me vas a decir que tu abuelo era irlandés

y quería asegurarse de que llevabas un recuerdo de su país de origen en tu nombre?

—No. Mi nombre es muy aburrido.

En realidad, la madre de Elise era irlandesa, de piel lechosa y reluciente cabello rojizo, y reinó sobre las portadas de las revistas y las pasarelas durante veinte años. Brenna Burke, una de las primeras supermodelos, dio a luz a una niña morena y bajita que ganaba peso tan solo con que mirara el tarro de las galletas. Para Brenna, que Elise tuviera más inteligencia que belleza era un pecado de primer orden.

Dax frunció los labios con desilusión.

—No importa. No todos podemos tener historias interesantes unidas a nuestros nombres. ¿Dónde te criaste?

—Esto no es una cita —le recordó ella, aunque sin poder disimular la exasperación que sentía—. Soy yo quien hace las preguntas.

—Es como una cita —musitó él alegremente como si aquel pensamiento lo fascinara—. Estamos conociéndonos. Silencios incómodos, los dos vestidos con más cuidado del habitual…

Elise miró el traje que llevaba puesto. El rojo le hacía sentirse fuerte y poderosa, y aquello era precisamente lo que necesitaba sentir en una sesión con Dax. ¿Qué tenía de malo?

—Yo me visto así todos los días.

Se sintió un poco incómoda. ¿Acaso el traje y los zapatos de tacón de aguja daban la impresión de que se había esforzado más de la cuenta?

—En ese caso, estoy deseando ver cómo te vistes mañana —replicó él levantando las cejas repetidamente.

—Sigamos con la entrevista —dijo Elise antes de que Dax la volviera loca—. Esto no es una cita, ni es una especie de cita. Simplemente estoy conociéndole, y no al revés. Recuerde que el objetivo de esta entrevista es que yo pueda encontrarle pareja.

—Es una pena. Una cita es el mejor lugar para verme en acción —observó Dax. Cuando Elise lanzó un bufido de protesta, él inclinó la cabeza con una pícara sonrisa en los labios—. No me refería a eso, pero, dado que tú lo has comenzado, la parte de las citas que más me gusta es pensar en el primer beso. ¿Y a ti?

Elise apartó la mirada de los labios de Dax y parpadeó al ver el modo en el que él la estaba mirando. Aquel hombre no tenía vergüenza. Estaba flirteando con la persona que debía encontrarle pareja. La persona cuyo negocio estaba tratando de destruir.

—Esa clase de trucos no le van a servir de nada. Hábleme un poco más de lo que le gusta de las citas. Es un tema estupendo para empezar.

Dax sonrió y le guiñó un ojo.

—Desviar la atención solo funciona en los que se gradúan los últimos de la clase. Sin embargo, en esta ocasión lo dejaré pasar. Me gustan los largos paseos por la playa, los jacuzzis y una cena para dos en el jardín.

—¿Por qué no vuelve a intentarlo otra vez, pero en esta ocasión sin irse a tópicos de película romántica? No le he preguntado lo que le gusta hacer en las citas, sino lo que le gusta a usted de las citas.

–Me gusta el sexo –afirmó él sin sonrojarse–. Para conseguirlo, hay que pasar por el agotador proceso de las citas. ¿Es esta la respuesta que estabas buscando?

–En realidad, no. Además, no es cierto –repuso. Comprobó cómo el fuego que ardía en los ojos de Dax se avivaba. Decidió refrenarse inmediatamente–. Por supuesto, no quiero decir que esté usted mintiendo. Lo que quiero decir es que para tener relaciones sexuales con alguien no hay que tener una cita. Muchas mujeres se presentarían de buena gana para revolcarse en las sábanas con un hombre rico y sofisticado.

Y que, además, tenía un rostro tan hermoso que casi parecía irreal. Contaba también con un cuerpo digno de un atleta de élite y unas pestañas por las que la madre de Elise habría estado dispuesta a matar. Por supuesto, Elise no se había fijado…

–¿Estarías tú dispuesta?

–Yo no tengo aventuras de una noche.

–Pues ahí lo tienes. Una mujer que no es merecedora de mi tiempo.

¿Cómo debía tomarse aquella afirmación? ¿Como un cumplido? ¿Un flirteo? ¿La verdad?

–Entonces, no está usted buscando solo sexo. Quiere poner algo de esfuerzo en la relación. Tomar una copa, pasar tiempo juntos… Quiere saber cosas sobre las mujeres con las que sale, su historia, sus gustos… ¿Por qué?

Dax se reclinó sobre el respaldo de la silla y la miró atentamente mientras se acariciaba suavemente la mandíbula con el pulgar, un hábito que Elise se había dado cuenta de que él hacía cuando se ponía a pensar. Bien.

–Tienes mucho más talento del que había imaginado –admitió él–. Me has impresionado. Voy a decirte por qué. Es para poder comprarle algo que sé que le va a gustar y poder dárselo en nuestra próxima cita.

Entonces, la mujer en cuestión se acostaría con él, sin duda alguna.

–¿Otro ejemplo de un hombre considerado?

–Por supuesto. A las mujeres les gusta que les traten bien. A mí me gustan las mujeres luego no me cuesta hacer todo lo posible para que sean felices.

–Ojalá todos los hombres se apuntaran a esa teoría. ¿Qué es lo que encuentra atractivo en una mujer?

–La inteligencia –dijo él inmediatamente, Elise no se molestó en anotarlo.

–No se puede saber si una mujer tiene inteligencia desde el otro lado de una sala –respondió ella secamente–. Si entra en un bar, ¿quién le llama la atención?

–Yo no conozco a mujeres en los bares. La última vez que entré en uno, me tuvieron que dar cuatro puntos aquí –confesó mientras se señalaba la ceja izquierda, que efectivamente estaba partida por una línea muy fina. La carcajada que soltó fue tan contagiosa que ella no pudo evitar echarse a reír también.

–Está bien, usted gana, pero tengo que anotar algo. ¿Pelirroja, rubia? ¿Voluptuosa o atlética?

–¿Me creerías si te digo que no tengo preferencia alguna? O, al menos, eso solía ser cierto –repuso mientras miraba a Elise ardientemente de arriba abajo–. Podría estar cambiando de opinión,

–Cuanto más trate de desestabilizarme, menos le va a funcionar –le aconsejó Elise mientras se maldecía por haber hablado con voz entrecortada–. Me prometió que se iba a tomar esto en serio y lo único que sé hasta ahora de usted es que su modo habitual de conducirse en una conversación es la distracción. ¿Qué es lo que está ocultando?

La repentina expresión de asombro que se reflejó en el rostro de Dax desapareció cuando alguien llamó a la puerta.

Era Angie, la asistente de Elise. Asomó la cabeza por la puerta y dijo:

–Ha llegado su siguiente cita.

Tanto Elise como Dax miraron el reloj con sorpresa. ¿Cómo era posible que los minutos se hubieran desvanecido tan rápidamente?

Dax se puso de pie inmediatamente.

–Llego tarde a una reunión.

Elise asintió.

–Lo dejamos para mañana, entonces. ¿A la misma hora?

Dax sonrió.

–Tiene una cita, señorita Arundel.

36

# Capítulo Tres

Dax iba silbando una tonadilla mientras abría la puerta para entrar en EA International. Llegaba tarde deliberadamente.

En aquella ocasión, él estaba al mando. Elise no llevaría la voz cantante otra vez. Le daría la suficiente información para que pareciera que se estaba dejando llevar de buena gana en el proceso y, al mismo tiempo, alargaría la interacción entre ambos todo lo que le fuera posible, al menos lo suficiente para ver cómo era realmente Elise Arundel.

–Buenos días, Angie –le dijo con una sonrisa a la recepcionista. No hace falta que me acompañe al despacho de la señorita Arundel –comentó él mientras le guiñaba un ojo–. No le diga que he llegado. Será una sorpresa.

Cuando Dax llegó frente al despacho de Elise, abrió la puerta. En su rostro se reflejó más que sorpresa, una cautelosa incredulidad.

–Vaya, mira quién ha venido –dijo tratando de ignorarle y fingiendo que estaba escribiendo en el ordenador.

El sonido era demasiado rítmico como para que estuviera escribiendo de verdad. Estaba fingiendo. Dax sintió una agradable sensación en el corazón.

—Voy a invitarte a almorzar —le informó él—. Saca el bolso y cierra ese aparato.

Elise le prestó atención por fin. Le dedicó una mirada penetrante.

—¿Se comporta de un modo tan arrogante con todas las mujeres? Me sorprende que ellas le concedan una segunda cita.

—Pero la consigo. Vente a almorzar conmigo y descubrirás por qué. A menos que tengas miedo, claro está...

Elise no negó inmediatamente lo que él le había dicho. Se limitó a sonreír y a apagar el ordenador.

—No le gusta estar bajo el foco, ¿verdad? Si no le gusta la sala que elegí ayer para empezar a realizar el perfil, podría habérmelo dicho.

Dax soltó una carcajada espontánea e inesperada. Levantó las manos.

—Me rindo. Tienes razón. Esa sala con el libro de peces me recordaba a la de un psiquiatra. Los restaurantes son lugares mucho más informales.

Elise abrió el cajón de un escritorio y sacó un bolso de cuero marrón.

—Dado que, misteriosamente, mi agenda está sorprendentemente vacía, vayamos a almorzar. Con una condición: no se evada del tema, ni cambié de conversación ni trate de pasarse de listo. Responda las preguntas para que podamos terminar.

—Vaya… ¿No estás disfrutando con esto?

—Sinceramente, es usted el cliente más difícil, turbador y obstinado que he tenido nunca —dijo ella mientras atravesaba el umbral de la puerta dejando a su paso un delicado perfume que ejerció un inesperado y poderoso efecto en Dax–. Lo que significa que invita usted. Sin embargo, iremos en mi coche.

Dax sonrió y la siguió hasta el aparcamiento. Después, se sentó en el asiento del copiloto del elegante Corvette que ella le indicó.

–Bonito coche, pero me parecía que eras más de Toyota.

Elise se encogió de hombros.

–Incluso a las hadas madrinas les gusta llegar al baile con estilo.

Elise eligió un restaurante informal sin preguntarle a Dax su opinión y le dijo a la camarera que querían sentarse en la terraza, también sin saber lo que le parecía a él. Las sillas de hierro forjado y las mesas en la terraza añadían un cierto encanto francés y la carta de vinos era pasable, por lo que a Dax no le importó. Sin embargo, decidió que él iba a jugar también de ese modo, por lo que pidió una botella de *chianti* y le indicó a la camarera que le sirviera a Elise una copa tanto si ella quería como si no.

–¿Necesita relajarse? –le preguntó ella descaradamente mientras tomaba la copa para oler el vino.

–No. Es para relajarte a ti –respondió él mientras brindaba y observaba cómo ella bebía–. En realidad, no he accedido a tu condición, ¿sabes?

–Lo he notado. Cuento con el hecho de que sea usted un hombre ocupado y que no pueda tomarse el tiempo continuamente de su trabajo para terminar algo que, en realidad, no quiere hacer. Así que no me desilusione. ¿Cuál es la diferencia entre el amor, el romance y el sexo?

Dax se atragantó con el vino que se acababa de tomar. Tardó unos segundos en recuperarse.

—Tienes que advertir a un hombre antes de hacerle una pregunta como esa.

—Atención, pregunta inminente. Atención, pregunta inminente —bromeó ella imitando perfectamente la voz de un robot.

Dax tomó otro sorbo de vino, riéndose a carcajadas en aquella ocasión.

Elise tenía un buen sentido del humor. Y eso le gustaba. Más de lo que debería. Estaba empezando a afectarle la capacidad de concentración y, cuanto más lo encandilaba, menos recordaba por qué era tan importante castigarla por lo ocurrido con Leo.

—Veamos —dijo él bruscamente—. Ficción, Sade y sí, por favor.

—¿Cómo ha dicho?

—Es la respuesta a su pregunta. El amor es ficción para mí. Sade es música romántica y es fundamental para crear ambiente y yo diría que lo de «sí, por favor» se explica por sí mismo en relación con el sexo.

—Eso no es precisamente lo que estaba buscando.

—En ese caso, dime lo que tú dirías para que tenga un ejemplo por el que guiarme.

—No se rinde nunca, ¿verdad?

—Has tardado mucho en darte cuenta de eso. ¿Y bien? —insistió levantando las cejas.

Elise suspiró.

–Están entrelazados tan íntimamente que no se puede quitar uno sin destruir el valor de los otros dos.

–Esa es una afirmación muy seria. Cuéntame más antes de que proceda a hacerla pedazos.

Apoyó la mano en la barbilla e ignoró el plato de pescado que el camarero le colocó delante y que él en realidad no recordaba haber pedido.

Elise permaneció en silencio, presa de una aparente indecisión. O tal vez era frustración. Con ella no se podía estar seguro.

–Se pueden tener relaciones sexuales sin estar enamorado o poner música romántica. Sin embargo, es mucho mejor con las dos cosas. Sin el amor y el romance, el sexo carece de significado y es un acto vacío.

Mientras ella empezaba a hablar, la expresión de su rostro se suavizó. Esto, unido a lo provocativo del tema que estaban hablando, a la cálida brisa que le agitaba el cabello, a… Todo unido se transformaba en una mezcla que lo atraía y le caldeaba por dentro como si fuera un brandi muy caro y de gran reserva.

–Sigue.

–Por el contrario, se puede hacer un gesto romántico hacia alguien del que estés enamorado y no terminar en la cama. Sin embargo, el hecho de haber tenido intimidad lo magnifica todo. Lo hace más romántico. ¿Ve a lo que me refiero?

–Filosofía –dijo él asintiendo, y se preguntó si lo que estaría sintiendo por dentro no sería un ataque al corazón–. Entiendo. Quieres comprender lo que siento por las tres cosas, no darte ejemplos. Error de principiante. No volverá a ocurrir.

–Ja. Lo ha hecho a propósito para poder sonsacarme.

Aquello andaba muy cerca de la verdad. Sintió que el cuello se le calentaba.

–Sí, bueno. ¿Sabes una cosa? Me gusta estar bajo los focos. Cuando antes me dijiste que no me gustaba, no era más que un caso clásico de proyección sobre el otro. A ti no te gusta estar bajo los focos, por lo que diste por sentado que esa era la razón por la que yo no quería sentarme bajo el tuyo.

Elise ni se inmutó.

–Entonces, ¿por qué se ha tomado tantas molestias por sacarme de mi despacho?

El astuto brillo que se había reflejado en aquellos ojos color chocolate le indicó que no había sido tan hábil como había pensado. Elise podría haberse imaginado también que había dado en varios puntos sensibles el día anterior y que el almuerzo estaba diseñado para evitar que volviera a ocurrir.

–Ese es tu terreno –dijo, señalando las mesas y la gente que los rodeaba–. Este es el mío.

–Vamos, déjese de tonterías. Dígame qué es lo que su compañera ideal puede aportar a una relación.

–Una falta de interés en lo que hay detrás de la cortina –dijo él inmediatamente, como si hubiera tenido preparada la respuesta.

Sin embargo, la falta de interés no era una respuesta muy exacta. Era más bien la habilidad de hacer que no se veía nada. Alguien que era capaz de ver a través de la cortina y a quien no le importara que lo que se veía pareciera la destrucción que deja un tornado a su paso.

¿Era esa la razón por la que rompía con las mujeres después de las cuatro semanas de rigor, es decir, que ninguna hasta el momento hubiera tenido esa capacidad de visión con rayos X?

—Bien —musitó Elise mientras escribía en su omnipresente cuaderno—. Ahora, dígame qué es lo que aporta usted.

—¿A qué te refieres? ¿Acaso los regalos no son suficiente?

—No sea tan superficial. A menos que quiera que yo dé por sentado que usted no aporta nada a una relación y que esa es la razón de que las evite —dijo. De repente, una luz pareció encenderse dentro de ella—. Ah. Se trata de eso, ¿verdad? No cree que tenga nada que ofrecer.

—Espera un momento. Yo no he dicho eso.

Aquella conversación se había apartado demasiado del camino deseado y estaba empezando a resultar incómoda. Desgraciadamente, Elise desafiaba sus creencias más profundas a cada oportunidad con una serie de golpes bajos. Eso no debería estar ocurriendo.

—En ese caso, dígame a qué se refiere —sugirió ella tranquilamente—. Al menos una vez. Si encontrara a la mujer a la que no le importara qué es lo que hay detrás de esa cortina de la que habla, ¿qué tendría usted para ofrecerle?

–No lo sé.

Fue la respuesta más sincera que podía dar. Y la más turbadora. Se llenó la boca de comida por si ella le preguntaba algo más referente a eso.

¿Qué era lo que tenía él que ofrecer en una relación? Jamás le había parecido algo importante, principalmente porque nunca había tenido intención de tener una relación. Sin embargo, de repente, se sintió deficitario en ese sentido.

–Está bien. Entiendo que estas preguntas están diseñadas para ayudar a la gente que está buscando el amor y que usted no lo está. Por eso, pasaremos ahora a las preguntas relámpago –dijo ella con voz alegre, sabiendo que le había dejado escapar en aquella ocasión y que no le importaba.

Dax se sintió agradecido y se relajó un poco.

–Se me dan muy bien las preguntas relámpago.

–Ya lo veremos, señor Wakefield. ¿Vaso medio lleno o vaso medio vacío?

–Técnicamente, está siempre lleno de aire y agua.

La carcajada que ella soltó le resonó a Dax por todo el cuerpo. De algún modo, eso provocó que respirar le resultara más fácil.

–Eso ha estado bien. ¿Plátano o manzana?

–¿Qué es eso, una pregunta freudiana? Manzana, por supuesto.

–Las manzanas tienen connotaciones bíblicas. ¿Qué es lo que alivia el estrés?

–El sexo.

Ella hizo un gesto de desaprobación con los ojos.

–No tendría que haberle preguntado esa. ¿Cree usted en el karma?

Aquellas eran preguntas fáciles, más superficiales. Elise debería haber empezado por ahí.

–De ninguna manera. Mucha gente no recibe nunca lo que se merece.

–Eso es cierto –afirmó ella, con una sonrisa.

–No te asustes, pero creo que, después de todo, estás disfrutando con esto.

Elise borró la sonrisa, pero no apartó la mirada. Tal vez aquello no era una cita, pero Dax no podía negar que almorzar con Elise era la experiencia más interesante que había tenido con una mujer.

Cuanto más durara aquello, más difícil iba a resultarle denunciarle públicamente. Peor aún. Se temía que había empezado a sentir cierta simpatía hacia Elise Arundel.

A la una, a Elise le dolían los costados de tanto reír.

–Tengo que regresar a mi despacho –dijo de mala gana.

Tenía muchas cosas que hacer. Estaba almorzando con Dax, a quien odiaba o, más bien, por el que no sentía mucha simpatía. Tenía que reconocer que era un hombre muy divertido y encantador. No era de extrañar. Tenía mucha práctica seduciendo a las mujeres.

Dax hizo un gesto de contrariedad.

–Sí. El deber llama.

Se puso de pie y tomó galantemente la mano de Elise mientras le retiraba la silla al mismo tiempo.

Se dirigieron juntos al coche y Dax se apoyó en la puerta del conductor.

—¿Mañana entonces? —preguntó él.

Elise negó con la cabeza.

—Mañana no voy a mi despacho. Tengo un asunto con mi madre.

—¿Todo el día? —preguntó Dax. Parecía desilusionado—. ¿No puedes reservarme ni una hora?

Por supuesto que no estaba desilusionado. Elise sacudió la cabeza. El vino la estaba afectando más de lo que había pensado.

—Tengo que recogerla en el aeropuerto y luego llevarla al médico —dijo. Decidió inmediatamente que tal vez le había dado demasiada información—. Tengo que pedirte discreción. A ella no le gustaría saber que le he hablado a otras personas de sus asuntos privados.

—¿Tu madre es famosa o algo así?

Elise suspiró.

—He dado por sentado que habías investigado sobre mí y que, por lo tanto, sabías que soy hija de Brenna Burke.

—¿Brenna Burke es tu madre? —preguntó Dax lanzando un silbido—. Tenía un póster suyo encima de la cama cuando era un adolescente. Llevaba puesto un biquini de hojas.

—Gracias. Necesitaba imaginarte fantaseando con mi madre.

Esa era precisamente la razón de que nunca

mencionara a Brenna, no solo por lo de ser hija de una mujer tan famosa, sino porque nadie silbaba así por ella. Resultaba desmoralizador.

–Sabes que en esa foto tenía treinta y cinco años, ¿no?

Brenna solía decirle que debería haber esperado para tener hijos. Que Error Número Uno la había convencido y que el hecho de quedarse embarazada la había apartado del mundillo de la moda y había terminado con su carrera.

Las modelos de cierta edad, amargadas, hacían blanco de su frustración a los que las rodeaban. En el caso de Brenna, había sido principalmente al padre de Elise, al que Brenna empezó a llamar Error Número Uno cuando se cansó y se marchó. Elise lo sabía todo por sus clases de psicología, pero, a pesar de haber pasado tantos años, le seguía doliendo.

–¿Y qué? –suspiró Dax lujuriosamente–. A mí no me importaba. Estaba buenísima.

–Sí, eso me han dicho –repuso Elise mientras fingía un repentino interés en su manicura.

–Elise…

Su voz tenía una cierta… calidez. La obligó a levantar la cabeza y la observó atentamente con aquellos ojos grisáceos hasta que Elise prácticamente no pudo respirar.

–Los gustos cambian. Me gusta pensar que he evolucionado desde que tenía catorce años. Las mujeres maduras ya no me resultan tan atractivas.

Elise se encogió de hombros.

47

–No pasa nada. Ya no importa.

–Claro que importa –afirmó él. Parecía completamente centrado en ella, como si no le importara nada de lo que les rodeaba–. He herido tus sentimientos. Lo siento.

–Resulta difícil tener una madre tan guapa cuando una es tan normal.

Dax se acercó un poco más, aunque Elise hubiera jurado que no quedaba mucho espacio entre ellos.

–Eres la mujer menos normal que conozco y, ¿sabes una cosa? la belleza pasa a un segundo plano. Por eso es importante utilizar lo que hay aquí arriba –dijo mientras le trazaba un círculo sobre la sien muy lentamente. Aquel contacto provocó una respuesta eléctrica que se extendió por todo el cuerpo de Elise.

–Eso es lo que pienso yo –murmuró ella–. Fui a la universidad y creé mi propio negocio porque no quería una vida en la que importara solo mi físico.

Después de ver cómo su madre se estrellaba y se quemaba con Error Número Uno sin encontrar la felicidad que parecía ansiar tan desesperadamente, Elise aprendió que una relación que se basaba solo en la atracción física no funcionaba. También aprendió que la apariencia externa mandaba muy poco en asuntos del corazón.

Las claves para una relación eran la compatibilidad y el deseo de encontrar a alguien que nos hiciera mejores. Había creado EA International sobre esos principios y aún no había fallado.

Dax estaba muy cerca. Ella aspiró su exótico aroma, tan masculino…

–Yo también… Al contrario de tu madre, yo jamás quise hacer carrera como modelo –dijo. Cuando ella lo miró muy sorprendida, Dax soltó una carcajada–. Me figuré que me habías investigado y que sabías que Calvin Klein me ayudó a lo largo de la universidad. Supongo que me buscarás en Internet cuando llegues a casa.

De eso podía estar seguro.

–Mi madre me ayudó a mí en la universidad. De mala gana, pero yo insistí.

Resultaba extraño cómo los dos se habían pagado la universidad con dinero que provenía del modelaje y los dos habían seguido caminos similares. Elise jamás habría imaginado que tenían algo en común, y mucho menos unas experiencias tan importantes en sus vidas.

Dax centró su mirada en la boca de Elise. Estaba pensando en besarla. Elise lo leyó en la expresión de su rostro.

No se gustaban el uno al otro y, peor aún, Dax huía de todo lo que ella deseaba: el amor, el matrimonio, el alma gemela…

El pánico se apoderó de ella. ¿Acaso había perdido la cabeza?

Se agachó para escapar torpemente de aquella especie de abrazo y sonrió.

–Bueno, te llamaré para encontrar hora para la próxima sesión. ¿Nos vamos?

–Claro. Te dejaré mi tarjeta con mi número.

\*\*\*

Cuando Elise llegó a su despacho, cerró la puerta con llave y se dejó caer en su butaca. Entonces, se cubrió el rostro con las manos. Si él había logrado afectarla tanto sin llegar a besarla, ¿qué habría ocurrido si hubiera terminado haciéndolo? No podía tener más sesiones con él. Tenía que encontrarle pareja inmediatamente.

Como si tuvieran vida propia, los dedos volaron sobre el teclado y escribieron el nombre de Dax. Aparecieron en la pantalla fotos muy provocativas de un Dax más joven, con abdominales muy definidos y minúsculos calzoncillos que a duras penas le cubrían las partes íntimas. Dax había sido modelo de ropa interior y tenía un título en psicología, un fino sentido del humor y un imperio audiovisual que valía muchos millones de dólares.

¿A quién podía tener ella en su programa que pudiera encajar con él?

El miedo se apoderó de ella. ¿Y si el programa no podía encontrar una pareja para Dax? Algunas veces ocurría. Los algoritmos eran tan precisos que, en ocasiones, los clientes tenían que esperar durante meses hasta que Elise recibía nuevos nombres.

Dax jamás aceptaría aquella excusa. Reclamaría la victoria inmediatamente.

Abrió el programa y empezó a rellenar toda la información personal antes de pasar a hacer lo mismo con las preguntas de personalidad.

Eso también lo hizo rápidamente. De hecho, ni siquiera tuvo que mirar las notas que había tomado.

Cuando llegó a la última pregunta, suspiró aliviada. Ya estaba. Por suerte, no tendría que volver a verlo. Una rápida llamada para comunicarle su primera cita con la pareja que le había encontrado y habría terminado para siempre con Dax Wakefield.

Guardó el archivo e hizo funcionar el programa. Los resultados salieron inmediatamente. Fantástico. Tal vez se tomara media tableta de chocolate como recompensa. Apretó el enlace. La media naranja de Dax era… Elise Arundel.

¡No! Era imposible. Parpadeó, pero las letras no cambiaron.

Aquello estaba mal. No entendía cómo, pero estaba mal.

Volvió a pasar los datos por el programa. Elise Arundel otra vez.

Se le hizo un nudo en el estómago y se masajeó las sienes. Eso era lo que sacaba por no hacerle todas las preguntas. Por dejar que su ética profesional cediera ante el vendaval que representaba Dax Wakefield.

Él pensaría que lo había hecho a propósito porque ella había empezado a caer en sus redes. Si Elise le decía que ella era su alma gemela, los ojos le brillarían del modo en el que ella ya conocía y…

Se había equivocado. Tenía que ser eso. Había cometido un error. Había estado pensado en el beso que habían estado a punto de darse y en las fotos de Dax casi desnudo y, por eso, había introducido los detalles incorrectamente.

Además, ella, bajita y rellenita, jamás podría ser suficiente para cambiar la opinión que Dax tenía sobre el amor. Tenía que emparejarle con otra persona.

Los dedos le temblaban. Casi no podía escribir, pero tenía que cambiar las respuestas. Dax no quería estar enamorado. Fue corrigiendo todas las respuestas, una a una, hasta que poco a poco fue terminando todo el perfil.

Por fin. Volvió a apretar el botón del ratón y cerró los ojos.

En aquella ocasión, la ventana reveló otro nombre. Candace Waters.

Perfecto. Candy era una atractiva rubia, que había terminado la educación secundaria. A Dax le encantaría sentirse más inteligente que ella y a Candy le gustaba el fútbol. Se llevarían estupendamente.

Nadie tenía que saber nunca que Elise había estado a punto de meter la pata.

# *Capítulo Cuatro*

Cuando el teléfono de Dax comenzó a sonar y él vio que se trataba de un número que no reconocía.

En vez de trabajar, tal y como debería estar haciendo, había estado observando su teléfono, esperando que Elise le llamara.

Contestó al teléfono. Suponía que se trataría de algo relacionado con sus negocios.

–Wakefield.

–Soy Elise Arundel –dijo una suave voz, cuyas delicadas tonalidades hicieron blanco en los lugares correctos–. ¿Tienes unos minutos?

Elise tenía una voz muy sensual por teléfono. Dax se reclinó en su butaca y estiró las piernas.

–Depende de para qué. Si es para la segunda ronda de preguntas rápidas, sí.

Elise rio, aunque parecía estar nerviosa.

–Me temo que esa no es la razón de mi llamada. En realidad, tengo buenas noticias en ese sentido. Ya no necesitamos más sesiones. Tengo tu pareja.

–¿Ya? Pues sí que es una buena noticia –replicó Dax. En realidad, era la mejor. No tenía que volver a ver a Elise, tal y como deseaba.

«Mentiroso, mentiroso», le decía una vocecilla.

–Así es. Te llamo para concertar la primera cita

con tu pareja, Candace, aunque ella prefiere que la llamen Candy.

—Candy… —parecía la clase de nombre que utilizaba una adolescente—. Sería legal, ¿no?

—¿Te refieres a si tiene más de dieciocho años? Por supuesto que sí. Tiene veintiocho años y trabaja como ayudante en Browne y Morgan.

—Solo estaba comprobándolo. ¿Y qué hay que hacer? ¿Tengo que llamarla yo y concertar una cita o algo así?

—Eso depende de ti. Yo le he enviado a ella tu fotografía por correo electrónico y te he enviado a ti la suya. Si los dos queréis conoceros, yo estaría encantada de ayudaros, o podéis ir por libre desde ahora mismo.

La curiosidad le ganó la partida a Dax. Se sujetó el teléfono con el hombro para poder abrir el correo electrónico. Ahí estaba. Remitente: «Elise Arundel»; asunto: «Candace Waters». Lo abrió inmediatamente y una fotografía de Candy ocupó la pantalla. Dios Santo. Era preciosa. Preciosa de verdad.

—¿Es una de las que has tenido que pulir?

—No todo el mundo necesita que lo pulan. Candy me vino tal y como es.

Estupendo. No era una cazafortunas. Se fijó un poco más en ella. Rubia con mayúsculas, con una pícara sonrisa que prometía mucho más. Dax se habría fijado en ella en un instante.

Por primera vez, empezó a ver el por qué el negocio de Elise era un éxito.

—Me gusta.

Entonces, regresó al planeta Tierra. Si había tenido que recurrir a una casamentera, había muchas posibilidades de que Candy no fuera tan maravillosa como parecía.

–Ya me parecía que te gustaría –dijo Elise–. Es perfecta para ti.

¿Acaso porque él también tenía algo de malo?

Elise tendría toda clase de explicaciones psicológicas para explicar sus carencias, que eran las de su incapacidad para comprometerse y los problemas con su madre. En realidad, a él no le importaba comprometerse mientras el objeto de su compromiso llevara el sello de Wakefield Media. En lo de las mujeres, el tema era muy diferente. Sería capaz de morir antes de permitir que una mujer lo defraudara tal y como su madre había hecho con su padre. Además, jamás había conocido a nadie que mereciera esa clase de promesas.

Sin duda, Elise le habría advertido a Candy de en dónde se había metido. Tal vez le había dado consejos sobre cómo camelarlo. Elise lo había averiguado inmediatamente y, por supuesto, tenía mucho interés en conseguir que Candy lo hiciera feliz. Podría ser incluso que aquella mujer con la que lo habían emparejado fuera una profesional. Una actriz a la que Elise había pagado para conseguir que él se enamorara de ella.

Por suerte, no tendría que volver a ver a Elise. Una ayudante en un bufete era un agradecido respiro en vez de una casamentera muy inteligente y con piernas de escándalo.

–La llamaré –dijo él–. ¿Esperas un informe completo a continuación?

Nadie respondió.

–¿Sigues ahí, Elise?

–Completo del todo, no.

–Me refería a lo de si es mi alma gemela. No pienses cochinadas.

Por alguna razón, aquel comentario hizo gracia a Elise.

–Sí, claro que quiero ese informe. Supongo que nunca hemos hablado de las reglas que hay en este acuerdo. ¿Necesitamos una tercera parte imparcial para que verifique los resultados?

–Creo que cuantas menos personas haya implicadas en este asunto, mejor. Te llamaré después y te contaré cómo ha ido. ¿Te parece?

–Perfecto. Que te diviertas con Candy. Hablamos.

Ella colgó el teléfono. Inmediatamente, Dax guardó el teléfono de Elise entre sus contactos. .

A continuación, marcó el número de Candy, que Elise había incluido también junto a la fotografía. Su lado perverso quería descubrir si Candy era lo que él creía. Si Elise había contratado a alguien para que lo sedujera, él se daría cuenta rápidamente. Y su venganza sería terrible.


Dax le entregó al mozo las llaves de su Audi y entró en el bar que Candy había seleccionado para su primera cita. No le costó encontrarla. Todos los presentes estaban pendientes de la atractiva rubia que esperaba junto a la barra sentada en un taburete. Entonces, todos los ojos se fijaron en él cuando se acercó y besó a Candy en la mejilla.

–Hola. Bonito bar.

Habían hablado por teléfono un par de veces. Ella tenía una voz agradable y parecía cuerda. Lo miraba con unos ojos azules dignos de una muñeca de porcelana, unos ojos que eran menos eléctricos en persona de lo que le habían parecido a Dax en la pantalla del ordenador. No pasaba nada. Su sensualidad le atraía.

–Eres igual que en la fotografía –dijo ella–. Pensé que la habías tomado de una revista. Me alegra ver que estaba equivocada.

Dax sabía a lo que ella se refería. El tiempo le había tratado bien. Sin embargo, ¿por qué tenía que ser su físico lo primero en lo que se fijara una mujer?

La mayoría de las mujeres. Elise no. Una de las primeras cosas que ella le había dicho era que estaba muy solo.

Mientras Candy parpadeaba con gesto coqueto, Dax supo a lo que Elise se refería. Hasta que una mujer rasgara esa cortina y viera al hombre real, tan solo se dejaría llevar. Y Dax siempre salía con mujeres incapaces de penetrar ese lado cínico que él tenía.

¿Cómo era posible que se acabar de dar cuenta de eso? ¿Y cómo se había atrevido Elise a cuestionar el modo en el que él afrontaba una cita tan filosóficamente? Si era tan inteligente, ¿por qué no se había dado cuenta de que estaba saliendo con las mujeres equivocadas?

Además, no era así. Las mujeres con las que él salía estaban bien. Elise Arundel no iba a arruinarle aquella cita con sus análisis psicológicos.

Se sentó en el taburete que había junto al de Candy, se giró hacia ella y le dedicó la mejor de sus sonrisas. Siempre dejaba a las mujeres sin aliento.

–Tú también te pareces a tu foto. ¿Has sido modelo?

Dax le indicó al camarero que le llevara una carta de vinos y le indicó un tinto chileno sin mirarlo demasiado.

–Sí. Desde que tenía catorce años. Principalmente a nivel regional. Grandes almacenes, catálogos… Las famosas se quedan con los cosméticos, así que nunca he tenido oportunidad en ese campo. Al final, las ofertas dejaron de llegar. Mi madre me obligó a conseguir un trabajo cuando cumplí los veinticinco años.

Había sido una pregunta casual, pero ella se la había tomado muy en serio y había contestado con sinceridad.

–¿Y ahora trabajas como ayudante en un bufete?

Ella arrugó la nariz y se echó a reír. La combinación resultó muy mona. No parecía una animadora descarada que estuviera a punto de hacerle un *cupcake*. En realidad, pensándolo bien, no era tan mona.

–Sí. Me paso investigando documentos legales

todo el día. No es lo que me imaginaba haciendo, pero me costó encontrar un trabajo. Si me entrevistaba una mujer, me daban con la puerta en las narices inmediatamente. Los hombres eran peores. Me aseguraban que el trabajo era mío si yo accedía a hacer horas extra...

Candy se echó a temblar delicadamente, por lo que Dax comprendió inmediatamente a qué se refería ella con lo de las horas extra.

—La discriminación en su estadio más refinado.

—A la mayoría de la gente le parece que está bien tener ese problema, pero no es así. La gente me discrimina por mi aspecto constantemente —dijo ella. Se cruzó de piernas casualmente y se inclinó hacia delante para colocar un codo sobre la barra y dejar caer la mano, casualmente, a pocos centímetros de la rodilla de Dax—. Por eso presenté una solicitud en EA International. Yo no puedo conocer hombres del modo tradicional.

El lenguaje corporal de ella le transmitía un mensaje muy claro.

—Lo entiendo. ¿Quién quiere conocer a alguien en un bar sabiendo que solo se acercan a ti y te hablan por tu rostro? —preguntó él. Se tomó un sorbo de vino y se dio cuenta de que, en algún momento, se había relajado. Tenía una cita con una mujer atractiva y agradable, y tenían varias cosas en común. Se sentía cómodo—. ¿Te gusta el fútbol?

—Claro. No hay que pensar. Resulta fácil seguirlo.

Efectivamente. Por eso le gustaba a él también. Wakefield Media ocupaba el noventa y nueve por ciento de su materia gris a diario, por lo que resultaba fantástico vegetar un poco los domingos, el único día de la semana en el que no se centraba exclusivamente en el trabajo.

—Deberíamos ir a ver juntos un partido en alguna ocasión.

Elise había dado en el clavo. Candy era exactamente su tipo. ¿No había sido aquel un giro inesperado? La gente en general no lo sorprendía, pero Elise casi nunca dejaba de hacerlo.

—Me encantaría —respondió Candy con una deslumbrante sonrisa—. Ver todos los programas previos a un partido es mi parte favorita. Es como una fiesta de seis horas todos los sábados y los domingos.

—¿Sigues también el fútbol universitario?

—Supongo. ¿Son esos los que juegan los domingos? Se me olvida quién es quién. En realidad, la mayor parte del tiempo no miro el partido…

Candy se rio y sacudió cuidadosamente la cabeza para que los mechones de cabello le rozaran los hombros y atrajeran la atención al escote. Era impresionante. Había llegado el momento de que Dax le mandara también señales. Conocía bien la rutina.

En ese momento, el teléfono de Candy comenzó a sonar. El de Dax estaba en silencio, algo que él consideraba una regla inquebrantable en una cita. Evidentemente, ella no pensaba lo mismo.

—Perdona —dijo ella de un modo que parecía ensayado para que pareciera un accidente que el teléfono no estuviera en silencio cuando era todo lo contrario–. Tengo que tranquilizar a mi amiga para que sepa que no me has echado algo en la bebida para llevarme a un callejón oscuro.

–No pasa nada.

Se lo pasaría en aquella ocasión. Tenía sentido tomar ciertas precauciones.

Candy escribió rápidamente un mensaje y luego otro. Dax miró su teléfono mientras su cita contestaba a su amiga. Él también tenía un par de mensajes. Como Candy aún no había terminado, abrió sus propios mensajes. Los dos eran de Elise y, por algún motivo, eso le hizo sonreír.

«¿Cómo va todo? Debe de ir bastante bien dado que no respondes».

Dax sonrió y se dispuso a responder. «Es estupenda».

Así lo dejó. Elise tendría que esperar a recibir un informe más pormenorizado. Mientras Candy terminaba de enviar mensajes a lo que parecía ser la mitad de la población de Dallas, Dax se tomó su vino y se divirtió un poco imaginándose a cierta casamentera muriéndose de ganas por recibir más detalles.

Elise estaba sentada sobre las manos para no poder escribir un mensaje de respuesta. Dax tenía una cita con Candy y ella no tenía ningún derecho a molestarle con mensajes de texto.

Sin embargo, había tanto en juego… De todas las mujeres que tenía en su base de datos, Candace

Waters había sido la más adecuada para evitar que Dax destrozara su empresa. Evidentemente, también quería que Candy encontrara el amor de su vida. Dax era encantador y muy guapo incluso con la ropa puesta y además poseía un inteligente sentido del humor. ¿Qué era lo que no le podía gustar a una mujer? Si te iban esa clase de hombres, que era el caso de Candy, nada en absoluto.

Sin embargo, ¿y si a Dax no le gustaba Candy? La respuesta que él le había dado a su mensaje no decía mucho, pero en realidad se acababan de conocer. Elise tenía que darles a ambos la oportunidad de conocerse más y confiar en el proceso que ella misma había creado.

Para mantenerse ocupada, trató de ocuparse en una campaña publicitaria que tenía que salir inmediatamente. Enero estaba ya a la vuelta de la esquina, y era tradicionalmente la época del año en la que EA International tenía más demanda. Después de Navidad y antes de San Valentín la gente se motivaba más para encontrar a alguien especial.

Cuando Dax hubiera conocido un poco más a Candy y supiera cómo era, ¿qué clase de regalo de Navidad le compraría?

Desgraciadamente, el anuncio tampoco la estaba ayudando a concentrarse. Agarró el teléfono y volvió a enviar a Dax un mensaje.

«¿Eso es todo? ¿Estupenda? ¿Te gusta?».

Presa de la angustia, permaneció un rato mirando al teléfono esperando que él respondiera. Nada.

Dax la estaba ignorando. A propósito.

Tenía que dejar de obsesionarse. Apagó el teléfono y lo lanzó al sofá, donde no pudiera verlo.

Tal vez debería repasar algunas de las solicitudes de su programa para pulir a las candidatas. Tras tomar esa decisión, se sentó en el despacho que tenía en su hogar.

¿Por qué estaba tan nerviosa?

Porque había manipulado las preguntas de Dax. ¿Y si se había equivocado y Candy no era en realidad su alma gemela?

Armada con un bol de uvas y un vaso de agua helada, abrió el programa. Estaba decidida a averiguar cómo había llegado al primer emparejamiento para poder así decidir si el segundo había sido hecho correctamente.

Después de quince minutos de desear que las uvas fueran chocolate y de mirar la pantalla hasta quedarse bizca, no pudo soportarlo más. Fue a buscar el teléfono y lo encendió. Lo apagó inmediatamente, antes de que el teléfono pudiera reiniciarse.

¿Qué estaba haciendo? Casi era como ir al bar donde estuvieran y asomarse por los cristales como si fuera una acosadora. Lo peor de todo era que sabía que lo habría hecho si hubiera sabido dónde habían quedado Dax y Candy.

Ridículo.

Decidió encender el teléfono para comprobar los mensajes, quedarse así tranquila y luego ponerse a ver una película o lo que fuera.

Nada.

Ese… hombre. No se le ocurría una palabra lo

suficientemente desagradable para definir lo mucho que Dax Wakefield le sacaba de sus casillas. Él sabía lo mucho que aquello significaba para ella. Sabía que estaba muy nerviosa. ¿Tan difícil era escribir «es hermosa y divertida. Me gusta mucho»?

No era difícil. No lo estaba haciendo porque ignorar a Elise era parte del juego. Quería hacerle pensar que la cita iba de mal en peor, para tenerla pendiente y preocupada.

En realidad, se estaba riendo con Candy, pasándoselo estupendamente tomando vino tinto y charlando sobre sus gustos. En aquellos momentos, seguramente estaba observándola por encima del borde de la copa con aquellos ojos grises tan seductores y haciendo que Candy admitiera cosas que seguramente jamás le había contado a nadie antes.

Tal vez se habían ido al aparcamiento y Dax la tenía acorralada contra su coche, sin aliento…

Inmediatamente, escribió un mensaje: «Candy no va hasta el final en la primera cita».

Lanzó un gruñido. Estaba pensado demasiado en lo que haría Dax. Apretó el botón para borrar el mensaje.

Dios, ¿había apretado el de enviar? «Por favor, por favor, por favor», rezó, esperando contra toda esperanza que hubiera borrado el mensaje tal y como había sido su intención. Buscó en los archivos del teléfono para encontrar la respuesta.

La encontró con la forma de un nuevo mensaje de Dax.

«¿Acaso hablas por experiencia propia?».

Elise sintió que se le hacía un nudo en el estómago al mismo tiempo que soltaba una carcajada. Dax había hecho que su paso en falso tuviera una vis cómica. ¿Cómo lo había conseguido?

Al menos, había conseguido que él respondiera.

«Ella es una mujer a largo plazo».

«Jamás lo hubiera pensado de otra manera», contestó Dax.

Aquel comentario le volvió a provocar el nudo en el estómago. Si la cita salía bien, Dax y Candy podrían terminar casándose. Así ocurría con la mayoría de las parejas que ella unía. Aquel era su trabajo.

¿Por qué el hecho de pensar en Dax y en Candy felizmente enamorados hacía que Elise quisiera echarse a llorar?

La perspectiva de otras Navidades sola unido al estrés de tratar con Dax. Eso era. Las dos cosas la estaban matando. Muy lentamente.

Si alguien tan cínico como Dax encontraba su final feliz, ¿qué indicaba que ella no pudiera encontrar el suyo?

# Capítulo Cinco

Candy se echó a reír y comenzó a contarle otra alocada historia sobre su perro. Dax se arrepentía de haberle preguntado si tenía alguna afición. ¿Quién habría pensado que un perro podría ser una afición o que una mujer adulta saldría a comprarle ropa al mencionado perro?

Le indicó al camarero que les sirviera otra ronda y, no por primera vez, sintió cómo dejaba de prestarle atención.

Candy por fin terminó su monólogo y se inclinó hacia delante para ofrecerle a Dax una buena panorámica de su escote, lo que significaba que él no le estaba prestando la suficiente atención. Era la cuarta vez que lo había hecho en treinta minutos. Las señales que ella le enviaba eran sencillas y fáciles de leer.

A pesar de la advertencia de Elise, Candy se mostraba más que dispuesta a pasar la noche en la cama con él. Seguramente era una mujer enérgica y creativa en la cama y, por supuesto, la experiencia sería placentera

Sin embargo, por la mañana, ella se despertaría con la intención de continuar con una relación larga y duradera. Gran diferencia con las mujeres con las que él solía salir. Fuera como fuera, él haría lo que Elise esperaba de él para que, cuando todo fallara, Dax tuviera la conciencia tranquila.

Había llegado el momento de prestar atención a su pareja. Después de todo, se suponía que ella era su alma gemela. Ciertamente carecía de interés en lo que había detrás de la cortina de Dax. Seguramente, no se había dado ni cuenta de que él tenía una.

Le dedicó a Candy otra sonrisa y, tras ponerse de pie, señaló la puerta con la mano extendida.

–¿Vamos a buscar un lugar para comer algo?

Así era como funcionaban las cosas. Si las copas iban bien, se invitaba a la mujer en cuestión a cenar. Si no iban bien, se le decía que la llamaría y salía corriendo. En realidad, las copas no habían ido particularmente bien, pero tal vez a lo largo de la cena Candy revelaría algunas profundidades que él no sería capaz de resistir.

Sin andarse por las ramas, ella le tomó la mano y se deslizó del taburete hasta el suelo para revelar su verdadera altura.

–Me encantaría.

Dios. Tenía las piernas muy largas. Demasiado largas. Era casi tan alta como Dax.

–Te ruego que me perdones –añadió Candy–, voy a ir a empolvarme la nariz.

Entonces, se dio la vuelta y comenzó a andar hacia el lugar donde estaban los aseos con un contoneo muy seductor.

Dax debía pensar que era muy sexy, pero, de

repente, no se lo pareció nada que estuviera relacionado con Candy. La señorita tenía recursos y un interés muy claro por demostrarlos. Era exactamente la clase de mujer por la que él se decantaba siempre. Algo no encajaba.

El teléfono comenzó a vibrarle en el bolsillo y lo distrajo de la marcha de Candy. Sonrió involuntariamente y se lo sacó esperando ver otro mensaje de Elise. Y así fue.

«Espero que no estés mirando los mensajes delante de Candy, porque sería una grosería».

Dax se echó a reír, dolorosamente consciente de que era la primera vez que se divertía aquella noche. Se dispuso a responder.

«En ese caso, deja de mandarme mensajes».

»Punto final».

Dax volvió a echarse a reír. Punto final. El sentido del humor de Elise le encantaba.

De repente, Candy se materializó delante de él mucho antes de lo esperado.

—¿Estás listo? —le preguntó ella.

—Claro.

Se metió el teléfono en el bolsillo y siguió a su acompañante hasta la calle. Hacía frío y ella, deliberadamente, no llevaba abrigo para que Dax pudiera ofrecerle el suyo. Entonces, fingiendo que había sido un accidente, aunque hubiera sido completamente adrede, le dejaría algo en el bolsillo: un lápiz de labios, un pendiente… Así, tendría la excusa perfecta para volver a verlo.

Dax se quitó el abrigo de todos modos y se lo

prestó. Candy le dedicó una hermosa sonrisa de agradecimiento mientras se la colocaba sobre los hombros.

Eso era lo único que Dax podía ofrecer en una relación: un abrigo. Nada más. Y no era justo para Candy, que se pensaba que podría existir la posibilidad de algo mágico. Si Candy era su alma gemela, ciertamente ella se merecía algo mejor.

No debería haberla llamado, pero, ¿qué otra opción le había quedado? Si quería demostrar que Elise dirigía un negocio que era un fraude, debía tener una cita. ¿Quién se habría podido imaginar que aquella cita sería exactamente igual a todas las otras citas?

Mientras se dirigían al lugar en el que le esperaba el aparcacoches, Candy se tropezó. Dax hizo un gesto de desaprobación con los ojos, pero rodeó la cintura de ella con el brazo. Candy pareció invitarle con la mirada. «Bésame y que empiece la fiesta», pareció decirle sin palabras.

Podría haber descrito cómo se iba a desarrollar aquella cita de antemano sin temor a equivocarse. Con gesto cansado, observó los gruesos labios de Candy sabiendo lo agradable que sería besarlos.

Dax no tenía ningún interés por Candy. ¿Qué era lo que le ocurría?

Elise era lo que ocurría. Había estropeado su habilidad para divertirse con una mujer. Y lo pagaría.

–Lo siento, Candy, pero esto no va a salir bien.

–Oh –susurró ella–. Pero Elise nos ha emparejado. Me encantó su elección. ¿A ti no?

Evidentemente, Candy no sabía que aquella cita era parte de un experimento. Otro punto negativo para Elise.

–Hizo un gran trabajo emparejándonos. Tú eres precisamente la clase de mujer que me gusta.

–Entonces, ¿cuál es el problema?

–No me interesa una relación y sería injusto para ti que continuáramos.

–Se te ha olvidado decir lo de que no soy yo, sino tú –replicó Candy. Evidentemente, había escuchado la excusa con anterioridad. Le arrojó el abrigo a la cara con sorprendente fuerza–. Gracias por las copas. Que tengas una vida agradable.

Se dirigió rápidamente al lugar en el que esperaba el mozo y comenzó golpear el suelo con el pie con gesto de impaciencia. El pobre muchacho voló a por su coche. Cuando se lo llevó por fin, salió del aparcamiento a toda velocidad.

Elise no solo le había fastidiado a él, sino que le había colocado en una situación incómoda.

El mozo trajo también el coche de Dax y se sentó tras el volante. Cuanto más se acercaba a su ático, más le hervía la sangre. Gracias a una cierta casamentera, se iba a pasar otra noche más solo. Lo que menos le gustaba hacer.

Se apartó en una calle secundaria y apretó el botón de llamada de su teléfono móvil antes de mirar la hora. Eran casi las nueve.

Elise contestó inmediatamente, por lo que él no tuvo que preocuparse de que le hubiera interrumpido los planes para aquella noche.

–¿Acaso esperabas mi llamada? –le preguntó con toda la ironía que pudo.

Ella debía de haber estado pendiente del teléfono como un halcón. Un viernes por la noche. Parecía que a Elise le vendría bien un poco de su propia magia para encontrar pareja.

–Hmm, sí. Dijiste que me darías un informe completo.

Dax se había olvidado de eso.

–Envíame tu dirección en un mensaje. Se trata de un informe que tengo que darte en persona.

Con eso, dio por terminada la llamada. Un instante más tarde, llegó el mensaje.

La dirección llegó un instante después. Dax sonrió sin darse cuenta. «Ahora viene el rock and roll, señorita Arundel».


Elise le abrió la puerta con unos pantalones vaqueros y un jersey amarillo claro. Él se esforzó mucho por no fijarse en cómo el jersey hacía destacar los reflejos dorados de los ojos de Elise. Estaba furioso con ella por… algo.

–Qué rápido –comentó ella mientras levantaba las cejas de aquel modo frío y controlado que sacaba a Dax de quicio–. ¿Has respetado los límites de velocidad mientras venías de camino hacia aquí?

–¿Acaso me vas a poner una multa? –replicó él mientras se cruzaba de brazos y se apoyaba en el umbral de la puerta.

–No, es una suposición. La cita no debe de haber ido muy bien si tenías tanta prisa por llegar hasta aquí.

—¿Acaso crees que prefería verte a ti?

—Nada de eso. Me has llamado porque querías echarme en cara que no te había emparejado con tu alma gemela.

—Sí —replicó él. Sería gracioso si no fuera tan cierto—. Esa es la razón por la que he venido corriendo hasta aquí. Para decirte que Candy es perfecta, pero que no ha salido bien.

Efectivamente, Candy era perfecta para el hombre que él le había mostrado a Elise. Ella había fracasado a la hora de rebuscar un poco más bajo la superficie y encontrar la mujer perfecta para el hombre que había tras la cortina.

Elise inclinó la cabeza hacia un lado para mirarle más atentamente.

—Sé que es perfecta. Yo te emparejé con ella. Sin embargo, no te has molestado en darle una oportunidad, ¿verdad?

—¿Qué es lo que quieres que te diga, Elise? Nunca te oculté que no te me interesaba tener una relación.

No. Aquello no era del todo cierto. Dax no estaba interesado en una relación con nadie que hubiera conocido hasta entonces y una parte de él se sentía desilusionado porque Elise no se hubiera podido sacar a alguien de la chistera que le hiciera cambiar de opinión.

Sin embargo, eso era imposible porque esa mujer no existía.

Suspiró. De repente se sentía muy cansado.

—Mira, la idea del verdadero amor es tan peregrina como la idea de meter un montón de datos en un programa de ordenador y esperar que salga algo mágico.

—No es mágico —dijo ella con una extraña expresión en su rostro—. El algoritmo es algo muy complejo.

—Estoy segura de que tu empresa de software te lo dijo cuando te lo vendió, pero no se puede ser preciso con los intangibles. Admítelo, estás…

—Yo hice ese programa —le interrumpió ella.

—¿Que tú hiciste ese programa? Me dijiste que tenías un título en psicología.

—Y lo tengo —afirmó ella—. Tengo un máster. Sin embargo, me licencié en informática. Estuve a punto de estudiar psicología después, pero decidí lanzarme con EA International. Siempre puedo retomar los estudios más tarde.

—Pero… ¿dices que tú realizaste ese programa?

Elise podría ser la mujer más inteligente que había conocido nunca y no solo por tener tantos estudios, sino porque desafiaba sus expectativas de un modo increíble.

Su menudo tamaño guardaba un tesoro de secretos, cosas que Dax jamás hubiera imaginado que estaban bajo la superficie, cosas que jamás hubiera soñado que serían tan estimulantes tanto intelectual como físicamente. Después de una noche frustrante en compañía de una mujer sin sustancia alguna que vestía a su perro para divertirse, quería descubrir todos los datos fascinantes que pudiera haber en la vida de Elise Arundel.

–¿Tan difícil te resulta creerlo? –le espetó ella mientras se cruzaba de brazos también.

–No es que no me lo crea, sino que me resulta increíblemente sexy. Es decir, no estaba bromeando. Las mujeres que tienen cerebro me atraen mucho.

–¿De verdad? Pues tengo uno en la cocina, A mí nunca me ha resultado particularmente atractivo, pero a cada uno lo suyo.

Dax lanzó un bufido y se echó a reír al mismo tiempo.

–Espera. Estás de broma, ¿verdad?

–¿Tú qué crees? –replicó ella. Por el gesto de su rostro, Dax comprendió que le estaba costando mucho no soltar también una carcajada.

–Merecía la pena aclararlo. Te aseguro que hablar de cerebros en la cocina es la conversación más atractiva que he tenido en toda la tarde.

Elise suspiró y abrió la puerta de par en par y se hizo a un lado.

–Es mejor que entres y nos sentemos para que me lo cuentes todo.

Dax pasó al interior de la casa y siguió a Elise hasta el salón. La decoración era clásica, pero con tonos ricos y brillantes.

–Entonces, ¿aquí es donde ocurre la magia?

–Las mujeres que se someten a mi programa de pulimiento personal se alojan aquí, sí –dijo Elise mientras se sentaba en el sofá.

Lo hizo sin delicadeza alguna, como si no le importara que él la encontrara atractiva. Ni siquiera se había puesto lápiz de labios. La única vez que Dax había visto a una mujer sin lápiz de labios había sido después de besarla. Las mujeres que se relacionaban con él siempre trataban de presentar el mejor aspecto posible.

Dax se sentó en un cómodo sillón muy cerca del sofá.

–Cuéntame qué es lo que te pasó con Candy –le ordenó ella sin preámbulo alguno–. Todos los detalles. Tengo que saber qué fue exactamente lo que no funcionó. Si es que funcionó algo, es decir...

–¡Vaya! ¿Y por qué tienes que saber todo eso?

Ella lo miró asombrada.

–Para dar en el clavo la segunda vez.

–¿Qué segunda vez?

–Te prometí emparejarte con el amor de tu vida. Tengo que admitir que me gusta conseguirlo a la primera, pero no me importa tener un error. Dos es inaceptable. Por eso, necesito detalles.

¿Otra cita? Dax estuvo a punto de lanzar un gruñido de protesta. La apuesta había finalizado porque ella había perdido. ¿Acaso no se daba cuenta?

–Elise…

Sin aquel empeño que ella tenía en encontrarle su alma gemela, Dax no tendría excusa alguna para volver a verla otra vez. Aquel pensamiento lo impacientó.

Elise levantó la mano a modo de protesta.

–Sé lo que vas a decir. Un caballero no habla de

sus citas. Y no te estoy pidiendo que me des detalles íntimos…

—Ni siquiera he besado a Candy. Y eso no era lo que te iba a decir.

—¿No la has besado? —preguntó Elise. Parecía un poco escandalizada—. ¿Y por qué no?

—Porque no me gustó. Solo beso a las mujeres que me gustan.

—Pero el otro día estuviste a punto de besarme a mí. Lo sé. No te molestes en negarlo.

Como Dax sabía el valor del silencio en ciertas ocasiones, se cruzó de brazos y esperó a que ella se diera cuenta. Elise no tardó en sonrojarse.

—Deja de decir ridiculeces —dijo ella por fin—. Toda esta charla sobre lo sexy que soy porque he hecho un programa informático y ahora tratar de desestabilizarme con comentarios crípticos destinados a hacerme creer que te gusto… te aseguro que no va a funcionar.

Muy intrigado, se inclinó hacia ella y se apoyó los codos en las rodillas.

—¿Qué es lo que no va a funcionar?

—Lo que llevas haciendo desde el momento número uno. Maniobras de distracción. Si me distraigo pensando en que me vas a besar, meteré la pata y te emparejaré con la mujer equivocada. Así pierdo. En realidad, es un plan brillante.

Aquellas palabras lo cambiaron todo.

—¿Has estado pensando en besarme?

En realidad, en lo único en lo que había podido pensar Elise había sido en besar a Dax.

–No. He dicho que tú estabas tratando de hacer que yo pensara en eso. Para distraerme. No funciona. De verdad. No puedes distraerme. Estoy decidida por completo a encontrarte la mujer perfecta. Candy no lo fue. Lo entiendo. Sin embargo, su nombre salió debido a que las sesiones para realizar el perfil no fueron muy ortodoxas. Tenemos que hacer la última y hacerla bien.

Para lo que iba a servir… ¿A quién más tenía en su base de datos que pudiera emparejar con Dax? Mentalmente, pensó en las candidatas y trató de hacer los porcentajes de cabeza.

Y se olvidó de sumar al ver que una lenta sonrisa se desplegaba sobre el rostro de Dax.

–¿Lo ponemos a prueba?

–Hmm… ¿De qué estás hablando?

Dax se puso de pie y se sentó junto a ella en el sofá.

–¿De si soy capaz de distraerte?

Los separaban pocos centímetros. Elise contuvo el aliento. El aroma que emanaba del cuerpo de Dax era pecaminoso y salvador al mismo tiempo. Ella sintió deseos de olisquearle detrás de la oreja…

Aquello no formaba parte del trato. No se sentía atraída por Dax Wakefield. Era impensable e inaceptable. Elise no tenía experiencia con un predador que tenía una mujer nueva en la cama más a menudo de lo que reemplazaba su tubo de pasta de dientes.

¿Cómo había ocurrido algo así? ¿Acaso su libido no comprendía la clase de hombre que era, lo profundamente que despreciaba el compromiso a largo plazo y el amor verdadero?

Un hombre como él era la peor pesadilla para su solitario corazón, por muy guapo que fuera. Estaba destinado a su verdadera alma gemela, a la mujer que fuera la adecuada para conseguir que cambiara de opinión sobre el amor. Y esa mujer no era Elise.

El pulso se le había acelerado. Lo miró fijamente, rezando para que él no se diera cuenta del pánico que sentía. Aquel sería el momento adecuado para realizar algún sarcástico comentario… Entonces, él le tomó la mano con la suya y se la llevó a los labios.

Los dedos de Elise rozaron suavemente la boca de él. Dax entrecerró los párpados, como si lo encontrara placentero. Fascinante. Elise Arundel era capaz de hacer que un dios andante como Dax sintiera placer. ¿Quién lo habría pensado?

Dax la estaba observando atentamente. Frunció los labios y, muy ligeramente, le chupó el dedo índice. Elise sintió un tirón entre las piernas que no fue tan ligero. Una húmeda calidez cubrió su cuerpo y le sonrojó la piel.

–¿Qué estás haciendo? –preguntó con voz ronca.

–Ver a qué sabes –murmuró él. Entonces, se deslizó la mano de Elise por la mandíbula y se la sujetó contra la piel–. Y me resultó tan delicioso que quiero más.

Antes de que ella pudiera parpadear, Dax inclinó la cabeza y deslizó los labios por encima de los de ella, mordisqueándoselos suavemente, explorando, tirando y acariciando hasta que pareció encontrar por fin el ángulo que buscaba. Inmediatamente, las bocas de ambos se fundieron en un apasionado beso.

Dax le agarró el cuello con ambas manos para inclinarle la cabeza y poder profundizar el beso. Apasionada y caliente, la lengua se enredaba con la de ella. Elise sintió aquellas caricias también en lo más profundo de su feminidad. Se le escapó un gemido de la garganta.

Las fuertes y hábiles manos de él se le deslizaron por la espalda, escurriéndose por debajo del jersey y extendiéndose posesivamente por el arco de la cintura.

Y se detuvieron ahí.

Elise deseó que hubiera seguido. Los dos estaban completamente pegados, como dos ramas de hiedra entrelazadas. Entonces, él le apretó la zona lumbar de la espalda e hizo que el torso de Elise se irguiera contra el suyo. Resultaba tan firme contra los sensibles pezones, que eran capaces de sentirlo a pesar de las capas de tela.

Aquel no era el beso autorizado para todos los públicos en el que ella había estado pensando desde que estuvieron a punto de besarse en el aparcamiento. Aquel era ciertamente para mayores de dieciocho años, Elise agarró la camisa con los puños de las manos y se aferró a él apasionadamente mientras Dax la besaba, gozando sin reparos con él, vibrando con las sensaciones…

Hasta que recordó que todo aquello estaba diseñado como distracción. Apartarse de él resultó más duro de lo que hubiera imaginado nunca. Se separó un buen trecho de él en el sofá, pero no fue suficiente. Se puso de pie y no paró hasta que la mesita estuvo entre ambos.

—Besas muy bien —dijo con voz quebrada—. Lo haré constar en tu perfil.

—No había terminado —repuso él—. Regresa aquí para que te pueda mostrar qué más cosas se me dan bien. Quieres que el perfil sea muy detallado, ¿no?

—No puedo hacerlo…

—¿Acaso tienes miedo?

—¿De ti? En absoluto —repuso. Lo hizo de un modo tan convincente que estuvo a punto de creerlo ella misma.

Dax la miró con una expresión que le hizo a ella tener la clara impresión de que él había averiguado exactamente lo mucho que la asustaba. Eso la hizo sentir aún más pánico.

—No hay necesidad —aclaró desesperadamente tratando de contrarrestar lo que estaba sintiendo—. Lo hemos puesto a prueba y, aunque el beso fue agradable, ciertamente no me ha distraído de los pasos que hay que dar a continuación. ¿Cuándo quieres que tengamos la última sesión?

—Preferiría seguir besándote —protestó él.

—No vamos a seguir por este camino, Dax. Escúchame. No va a ocurrir nada entre tú y yo. Tenemos un trato, una apuesta. Y nada más. Tengo que hacer mi trabajo. Deja que lo haga.

Dax la observó durante un largo instante.

—Esto es muy importante para ti.

—¡Por supuesto que lo es! Has amenazado con destruir mi reputación, lo que terminará arruinando la empresa que construí hace siete años. ¿Te gustaría a ti que yo pudiera hacerte lo mismo y que, además, me pasara el tiempo tratando de seducirte para conseguirlo?

—Elise… Lo siento. Esa no era mi intención. Me gusta besarte. Eso es todo. Si quieres hacer otra sesión, ahí estaré. Tú pones el día y la hora.

¿Cómo se atrevía a mostrarse tan comprensivo y arrepentido?

Necesitaba que Dax se marchara antes de que volviera a cometer otra estupidez.

—Llámame cuando estés lista para tomar las sesiones donde las dejamos.

En ese momento, Elise se dio cuenta de algo muy doloroso y ridículo. Los mensajes de texto durante su cita con Candy, permitir que la besara, la suprema tristeza de imaginárselo locamente enamorado de su alma gemela… Todo ello resumía una innegable verdad: no quería que Dax estuviera con ninguna otra mujer.

No se podía permitir estar con él. No podría soportar despertarse sola a la mañana siguiente sabiendo que no era suficiente para él y seguir sola todas las mañanas a partir de entonces.

Aquella era la mejor razón para emparejarlo rápidamente con otra mujer.

# *Capítulo Seis*

Exactamente a las siete y media de la tarde siguiente, el timbre de Elise volvió a sonar. Era exactamente quien esperaba ver al otro lado de la puerta. Dax, que llevaba las manos a la espalda.

—Te dije que te llamaría.

—Lo sé, pero he decidido tomarme esto muy en serio. De verdad. Tu despacho no es el mejor lugar para que yo te dé respuesta a tus preguntas. Por eso, vamos a hacerlo aquí.

—¿Aquí? ¿En mi casa? ¿Quieres que terminemos de hacer tu perfil un sábado por la tarde?

—Creo que no comprendiste del todo lo que te dije cuando hablé de conocerme mejor en una cita.

Entonces, con un exagerado ademán, se sacó algo de la espalda. Se trataba de un DVD.

—Por eso, vamos a ver una película —añadió.

—¿La sesión de perfil va a ser una cita? —le preguntó ella. ¿Y ella iba a ser su cita?

—Se trata más bien de un compromiso —respondió él—. Nunca he hecho esto en una cita, pero así los dos nos podremos relajar. Yo no sentiré que me estás interrogando y a ti no te parecerá trabajo.

Se parecía bastante a la excusa que Dax había utilizado para que salieran a almorzar.

–¿Y si estoy ocupada?

–Cancela tus planes. ¿Quieres conocer qué es lo que me hace vibrar? –le sugirió él–. Te ofrezco un trato. Vemos la película. Tomamos vino. Si tú haces eso, yo responderé todo lo que me quieras preguntar con sinceridad.

Dax le mostró la otra mano, en la que llevaba una botella de *cabernet* cuya etiqueta Elise solo había visto en restaurantes muy caros.

–Creo que esto es de nuevo otro descarado intento por seducirme…

–Te aseguro que no estoy tratando de hacer que la balanza se incline hacia mí. Confía en mí. Si quisiera desnudarte, no sería esto lo que haría…

Al escuchar aquellas palabras, Elise optó por guardar silencio.

–Yo, Daxton Wakefield –añadió él–, prometo no tocarte ni una sola vez en toda la noche… A menos que tú me lo pidas.

–Por eso puedes estar tranquilo. No es que esté accediendo a esto, pero, ¿qué has traído? –le preguntó señalando la película.

–*Stardate 2215*. Se trata de la película esa de ciencia ficción que van a estrenar en Navidad.

–Pero si aún no la han estrenado. ¿Cómo es que tienes tú una copia?

–Tengo buenos amigos en ciertos lugares –comentó con una sonrisa–. Uno de los beneficios de formar parte del mundo de los medios de comunicación. A ti te gusta la ciencia ficción y yo quería escoger una película que no hubieras visto.

Elise se quedó sin palabras. Jamás le había dicho la clase de películas que le gustaban, pero, de algún modo, él lo había deducido y se había tomado muchas molestias para elegir un título. El corazón comenzó a latirle alocadamente.

Quería ver aquella película y quería emparejar a Dax Wakefield con otra mujer para dejar de pensar en besarle.

—¿Declaramos una tregua entonces? —le preguntó él mientras le ofrecía la película y la botella de vino con una conciliadora sonrisa. Estaba tan guapo con sus vaqueros de cuatrocientos dólares y un jersey de cuello alto que le costaba resistirse.

—Aún no he cenado…

—Dios Santo, Elise… Eres la mujer más difícil para no tener una cita en todos los Estados Unidos. Pide una pizza. O doce. Puedes utilizar con libertad mi tarjeta de crédito si con eso consigo que me invites a pasar a tu casa.

—¿Por qué estás tan empeñado en esto?

—Aunque no te lo creas, te estoy ayudando. Te mereces tener la oportunidad de hacer tu trabajo. Quiero facilitarte la tarea.

Sus palabras parecían sinceras.

—Porque no te gusta mi despacho.

La expresión de Dax reflejó algo que asustó a Elise más que el beso.

—Porque tengo una semana repleta de trabajo y las horas de luz son escasas. Quiero dedicarte toda mi atención sin tener que mirar el reloj constantemente.

El corazón a Elise comenzó a palpitarle con fuerza.

–Te acabas de ganar una velada con la casamentera.

Se hizo a un lado para que Dax pudiera pasar a su casa por segunda vez en dos días.

Tal y como había prometido, Dax entró sin tocarla y dejó el vino sobre la mesita del salón. Elise fue a por copas y él pidió una pizza, los dos se acomodaron en el sofá y, tras toma unos sorbos de vino, ella se relajó.

–Este *cabernet* es maravilloso. ¿Dónde lo has encontrado?

–En mi bodega –respondió él. Le entregó el mando sin ni siquiera rozarle los dedos–. Lo estaba reservando para una ocasión especial.

–Sí, claro. Una pizza y una película es algo especial.

Dax no se movió. No la tocó, pero ella sintió la mirada que él le dedicó por todo el cuerpo.

–La compañía es la ocasión, Elise.

Ella sintió un hormigueo por las mejillas.

–Terminaremos la sesión para elaborar el perfil mucho más rápido si dejas de cubrirme de halagos.

Dax inclinó la cabeza como si se hubiera detenido a observar un Picasso particularmente interesante. —¿Por qué te cuesta tanto creer que me gustas?

–No se arruina la reputación de alguien a quien uno aprecia. Si de verdad te gusto, demuéstralo. Terminemos con esto ahora mismo.

–Para ser justo, no sabía que me ibas a gustar cuando hicimos la apuesta. Sin embargo, si haces tu trabajo, no tienes nada de lo que preocuparte, ¿no te parece? –comentó él mientras levantaba su copa a modo de brindis.

Una parte de Elise había esperado que él aprovechara la oportunidad de cancelarlo todo. No debería haberse sentido desilusionada de que no hubiera sido así. Aunque Dax se hubiera dado cuenta de que ella era una buena persona y hubiera comprendido que no había arruinado a propósito la amistad que él tenía con Leo.

–Eh.

–¿Qué? –replicó ella a la defensiva.

–Es un cumplido. Eres una mujer inteligente y lista. Si no te respetara muchísimo, te habría hecho dar un paso atrás hace mucho tiempo.

–¿Dar un paso atrás? ¿Qué es lo que quieres decir? ¿Rendirse y ceder? De ninguna manera.

Dax sonrió,

–Por eso me gustas –dijo él–. Los dos somos luchadores. ¿Por qué si no iba a estar yo aquí para someterme a ese perfil? No puedo afirmar que el proceso de emparejamiento es un fraude si no lo vivo yo personalmente. Así los dos sabemos que el vencedor se merece la victoria.

Elise sacudió la cabeza con incredulidad. Sin embargo, contra todo pronóstico, a ella también le gustaba Dax.

Los dos se habían quedado frente a verdades muy profundas. De todas las maneras posibles en las que él la podría haber convencido de que realmente Elise le gustaba, lo había hecho no cancelando la apuesta...

Dax respetaba su habilidad, su trabajo como mujer de negocios. Ella se había mostrado a la defensiva desde el primer momento. No pasaba nada por bajar la guardia. Dax se lo tenía más que merecido.

—Me resulta difícil confiar en la gente —dijo ella lentamente. No dejaba de observarle para comprobar si él se daba cuenta de lo difícil que era aquella confesión para ella—. Por eso te lo he hecho pasar tan mal.

Dax asintió sin apartar los ojos de ella.

—Lo entiendo. Y, para que conste, a mí me pasa lo mismo.

Él estiró la mano a modo de invitación. Elise no dudó en aceptarla. De la mano y en silencio, dejaron que pasara el tiempo. Una calidez llenó a Elise a medida que la intensidad del momento se transformaba en algo muy parecido a una amistad.

Ninguno de los dos confiaba con facilidad, pero cada uno había encontrado un lugar seguro en aquel círculo de dos. Al menos por aquella noche.


Dax dejó de prestar atención a la película unos quince minutos después de que empezara. Observar a Elise era mucho más divertido.

Veía la película del mismo modo en el que lo hacía todo: con pasión. Observarla era algo hermoso.

A Dax le gustaba particularmente que se hubiera olvidado de que aún estaban de la mano.

No había nada sexual al respecto. Él no lo utilizó como excusa para acariciarle los nudillos o para colocársela en el regazo.

La situación en la que se encontraban resultaba bastante agradable. Él había accedido a no propasarse con ella y lo iba a cumplir a pesar de las veces que Elise le provocó una erección con solo mirarlo.

Las promesas significaban mucho para él y quería que Elise lo comprendiera. Además, lo más extraño de todo fue que, a pesar de que sabía que aquella noche no iba a pasar nada más allá de una pizza y una película, se sintió liberado de un modo que jamás hubiera esperado.

La pizza llegó y Dax dejó que ella le soltara. Elise dejó la caja sobre la mesita de café y le entregó un plato.

Dax no recordaba haber comido con una mujer delante de la televisión. Aquello era algo que hacían las parejas y él jamás había tenido. No quería tenerla y, además, no quería darle nunca a nadie la impresión de que podría haber más cosas que pudieran hacer juntos.

Sin embargo, aquello no era una cita y Elise no se iba a pensar nada. Resultaba agradable.

—Gracias por la pizza —dijo ella—. Nunca la tomo y se me había olvidado lo buena que está. Haces cosas maravillosas con una tarjeta de crédito.

Lo había dicho en tono de broma, pero aquellas palabras produjeron un extraño efecto en él. Efectivamente, su cuenta bancaria podría financiar a un pequeño país y él se aseguraba de que las mujeres que salían con él se beneficiaban de su dinero, normalmente en forma de joyas o de viajes. Jamás se había parado a pensarlo hasta aquel momento. Gracias a su simpática casamentera, todo le pareció superficial e… insuficiente.

—Se supone que tienes que hacerme preguntas —le dijo Dax mientras tomaba un sorbo de vino.

Elise levantó las cejas y masticó más rápido.

—Supongo que sí —replicó. Se tragó la pizza ayudada por un poco de vino y lo miró de reojo—. Eres bastante bueno. Se me había olvidado el trabajo, tal y como tú predijiste.

Dax se cruzó de brazos para no tomarle de nuevo la mano.

—Sí, sí. Soy un genio. Hazme una pregunta.

Después de poner en pausa la película, Elise se reclinó sobre el sofá y se puso a observarlo por encima del borde de la copa.

—¿Qué es la felicidad para ti?

«Esto». Había estado a punto de responder aquella sencilla palabra. Pero se detuvo a tiempo.

—Me paso la vida persiguiendo el éxito. Jamás he luchado por encontrar la felicidad.

Aquello no significaba necesariamente que la hubiera encontrado.

—¿Y si Wakefield Media se hundiera mañana, pero la mujer de tu vida estuviera a tu lado, la mujer a la que no le preocupa lo que se oculta detrás de la cortina? ¿Seguirías siendo capaz de encontrar la manera de ser feliz mientras ella estuviera a tu lado?

—¿Y si lo que me hace feliz es tener a la mujer y el éxito? –replicó él–. ¿Está eso permitido?

Sin poder evitarlo, se imaginó al final de un largo día con esa mujer en la cama, no porque él la hubiera llevado a casa sino porque ella vivía allí. Estaban juntos, pero no solo por el sexo, sino porque se apoyaban emocionalmente y se comprendían. El hecho de hacer el amor lo acrecentaba todo.

Dax podía confiar en que aquella mujer permanecería a su lado para siempre.

—Si eso es lo que la felicidad te parece a ti, por supuesto.

La felina sonrisa de Elise le hizo comprender. Ella le había sacado una respuesta, aunque Dax habría jurado que jamás había pensado en cómo definir la felicidad.

—Bien dicho –dijo con una sonrisa.

Después de definir la felicidad, la imagen de aquella mujer no se disolvía. No tenía rostro, pero la forma de su cuerpo le ocupaba el pensamiento y no era capaz de hacerla desaparecer.

¿Qué se suponía que iba a hacer al respecto?

Elise asintió y tomó un sorbo de vino mientras lo miraba fijamente.

—¿Qué es lo que haces en tu tiempo libre?

—¿Debería elegir algo que te haga pensar que tengo una afición interesante? –preguntó él con una sonrisa.

—No. Deberías decir lo que te gusta.

—Me gusta observar a la gente.

—Háblame un poco más al respecto. ¿Qué tiene de especial observar a la gente?

—Es el mejor modo de saber lo que motiva a las masas. Es algo que nunca pasa de moda.

Elise era muy buena. Tenía una habilidad innata para hacerle hablar a pesar de que él estaba tratando de encontrar el modo de evitar sus respuestas. Además, él había prometido ser sincero y allí, en la casa de Elise, se sentía tan seguro que no le parecía tan terrible decirle lo que sentía.

—Vamos —le animó ella—. ¿Por qué tienes que averiguar lo que motiva a la gente?

—Wakefield Media no es una empresa cualquiera. No es un accidente. Yo me saqué un título en psicología y no en economía porque es crucial comprender lo que atrae a la gente, lo que les hace querer más, en especial en el mundo de los medios de comunicación.

Elise se había olvidado de la pizza y del vino y lo escuchaba con atención.

—¿Y observar a la gente te ayuda?

—Las personas pueden ser muy leales a ciertos programas y también muy volubles. Te sorprendería saber lo mucho que puedes averiguar cuando te sientas y observas cómo interactúa la gente.

—Debes de tener una intuición fuera de lo común.

—Me apuesto algo a que la tuya es igual de buena. Hazlo conmigo en alguna ocasión.

¿Por qué había tenido que decir eso? ¿Acaso no

se había dado cuenta de que ella no quería salir con él? Le había costado un triunfo conseguir que se tomara una pizza con él. El vino debía de estar enturbiándole la cabeza.

—Me encantaría. Es una cita —dijo ella sin sarcasmo alguno.

Dax se quedó atónito. Evidentemente, el vino debía de estar enturbiándole a ella también la cabeza.

—¿Una cita que no es una cita porque no estamos saliendo?

—Es cierto. No estamos saliendo. Entonces, ¿somos amigos? —le ofreció ella.

Dax estuvo a punto de negarse. Amigos. ¿Era eso lo que estaba ocurriendo entre ellos? ¿Acaso así se explicaba el hecho de que le pudiera hablar a Elise de cualquier cosa?

—No lo sé. Nunca he sido amigo de una mujer. ¿No hay reglas?

—¿Como que no se supone que tengamos que cancelar nuestros planes conjuntos cuando nos llama alguien con quien sí estemos saliendo?

—Como que no debo fantasear con volverte a besar —dijo él muy serio—. Porque, si eso va contra las reglas, no puedo ser tu amigo.

Elise bajó la cabeza. Una vez más, se había sonrojado.

—Sea como sea, no deberías hacerlo en modo alguno.

Dax la obligó a levantar el rostro poniéndole un dedo bajo la barbilla. Entonces, la miró fijamente a los ojos. La pasión que vio en ellos lo licuó por dentro. Le gustaba esa sensación que solo ella era capaz de producir.

—No puedo evitarlo...

Igual de rápido que había roto la promesa de no tocarla, apartó la mano y se sentó encima de ella.

Elisa le turbaba el pensamiento. No le hacía falta el vino.

Elise parpadeó y apartó la mirada.

—Te aseguro que resultará muy fácil cuando te empareje con otra mujer. Ella te ayudará a olvidarte de ese beso, que no debería haber ocurrido nunca.

Una vez más, ella le abofeteaba. Elise no sentía interés alguno por él. Su principal objetivo era emparejarle con otra mujer tan pronto como le fuera posible.

Ese era el problema. No quería que lo emparejara con otra Candy. Deseaba a la mujer que había imaginado acurrucada en su cama, lista para ofrecerle su compañía, su comprensión.

Elise.

Sí. Quería a Elise. Y cuando Dax Wakefield deseaba algo, lo conseguía.

Sin embargo, si se lanzaba tras ella, ¿perderían aquella comodidad que existía entre ellos? Después de todo, ella no era su alma gemela.

Menuda paradoja.

# Capítulo Siete

El lunes por la mañana muy temprano, Elise estaba en su despacho introduciendo los últimos datos en el ordenador.

Aquella sería su hora de la victoria. Se le daba bien ayudar a la gente a encontrar la felicidad. Emparejar a Dax con alguien que pudiera darle lo que él necesitaba sería la guinda del pastel.

Pinchó en la ventana correspondiente para que empezara a funcionar su programa.

Elise Arundel.

Se desmoronó sobre el teclado sin poder contenerse. No sabía si reír o llorar.

Elise empezaría a soñar con vestidos blancos mientras él iba perdiendo interés poco a poco. No estaban hechos el uno para el otro.

Sin embargo, eso no le impedía pensar en besarlo a él.

Aquella mezcla de sentimientos por Dax había comprometido sus habilidades como casamentera. En aquella ocasión, no podía volver a cambiar el resultado, dado que resultaba evidente que no podía ser imparcial, y mucho menos después de la importancia que Dax le había dado a su declaración sobre la ética.

Gruñó y se golpeó la cabeza un par de veces más contra el teclado. Dax iba a tener un día de fiesta cuando se enterara.

¿Cómo diablos podía salir de aquella situación?

Cuando alguien llamó a la puerta, se incorporó rápidamente en la silla. Angie asomó la cabeza por la puerta. El gesto que su asistente tenía en el rostro no ayudó a que Elise se sintiera mejor.

—El señor Wakefield está aquí —anunció.

—¿Aquí? —repitió Elise. Automáticamente, se atusó el cabello y lanzó una maldición. Tenía pequeñas marcas en el rostro—. ¿Te refieres a aquí, en el despacho?

Tal vez podría fingir que había salido. Al menos hasta que se le borraran las marcas y hubiera podido decidir lo que decirle de su emparejamiento. No le cabía la menor duda que aquella era la razón por la que se había presentado sin llamar. Quería que Elise le diera un nombre.

—Aún no he desarrollado una tecnología de hologramas —dijo Dax mientras pasaba junto a Angie y entraba en el despacho de Elise—, pero estoy en ello. Mientras tanto, sigo viniendo en persona.

Angie ocultó una sonrisa, aunque no demasiado bien, y se marchó.

Elise se tomó unos segundos para examinar la perfección masculina que tenía ante ella. Había estado tan equivocada… Vestido con traje estaba tan guapo como con todo lo demás. Entonces, su cerebro traidor le recordó que cuando más guapo estaba era sin nada puesto.

–Pensaba que esta semana estabas muy ocupado –dijo con dificultad–. Por eso vino lo de la pizza, ¿no?

Dax no se molestó en tomar asiento en la butaca destinada a las visitas. Rodeó el escritorio y se detuvo a poca distancia de ella, apoyándose en la mesa como si fuera suya.

–Y lo estoy –aclaró él mirándola ávidamente, como si ella fuera una obra de arte que hubiera encontrado por casualidad y no pudiera creer su suerte–. He dejado a varias personas en una sala de conferencias y en estos momentos están atando los cabos de un trato muy importante sin mí. Me levanté y me marché.

–¿Por qué?

Para un hombre que afirmaba que su empresa era más importante que nada en el mundo, aquella era una reacción algo extraña.

Dax la miró fijamente durante unos instantes.

–Quería verte –dijo él simplemente.

Elise sintió que el corazón se le detenía durante un instante. Cuando volvió a arrancar y a recuperar el ritmo, nada importaba. Ni encontrarle un alma gemela a Dax. Ni la apuesta. No importaba nada más que él.

Y él quería estar con ella.

–Vale, pues aquí estoy. ¿Ahora qué?

Él extendió la mano a modo de invitación.

–No he podido pensar en nada que no sea sentarme en un parque contigo y observar cómo pasa la vida. Ven conmigo.

Ni miró el reloj ni cerró el ordenador. Simplemente tomó la mano que él le ofrecía y la siguió.

El aire era fresco y Elise se echó a temblar cuando salieron del edificio. No se había dado cuenta de que tan solo iba vestida con un ligero vestido de lana y unas botas.

—Espera un momento. Tengo que volver a recoger mi abrigo.

Dax le obligó a darse la vuelta.

—Espera. Ponte mi chaqueta.

Se la quitó y se la colocó a Elise por encima de los hombros para luego ayudarla a meter los brazos en las mangas con mucho cuidado. Después, le agarró las solapas y lo miró como si el acto de compartir su calidez tuviera gran significado.

—No tenías por qué hacerlo —dijo ella mientras se remangaba un poco. Tenía que hacer algo con las manos aparte de colocarlas sobre los pectorales de Dax tal y como deseaba—. Tengo el abrigo en…

—Hazlo por mí. Es la primera vez que le dejo mi abrigo a una mujer porque lo necesita de verdad. Me gusta cómo te queda.

—A mí también…

Se arrebujó la prenda alrededor del cuerpo y olfateó el delicioso aroma que era Dax, peligro y decadencia todo en uno. Elise podría vivir dentro de aquella chaqueta, dormir con ella, pasear completamente desnuda tan solo con el forro de seda acariciándole la piel…

Se dirigieron hacia un pequeño parque que había al otro lado de la calle, frente al edificio en el que se encontraba EA International. Dax comenzó a contarle la historia de un perrito que provocó el caos en una de los estudios de su cadena de televisión. Ella se rio encantada. Se rozaban las manos ocasionalmente, pero ella fingía que no se daba cuenta, lo que era difícil, considerando que el pulso se le aceleraba con cada roce.

No hacía más que esperar que él le tomara la mano tal y como había hecho el sábado por la noche. Sin embargo, Dax no hizo nada.

No era de extrañar que los sentimientos de Elise estuvieran tan confusos. Nunca sabía lo que podía esperar. Durante mucho tiempo, se había convencido de que él se acercaba a ella para que Elise perdiera la apuesta. Ya no estaba tan segura.

Dax señaló un banco vacío, que estaba al sol. Elise optó por sentarse cerca, pero no demasiado. Al menos hasta que comprendiera de qué iba todo aquello.

—¿Cómo va eso de observar a la gente? —le preguntó ella mientras señalaba el enjambre de personas que entraba y salía de un edificio.

—Simplemente dejo que la mente divague y que me lleguen las impresiones. Como esa pareja.

Elise se fijó en la joven pareja que él le estaba indicando. Estaban besándose apasionadamente contra la pared de ladrillo de Starbucks.

—Entre dieciocho y veinticinco —musitó él—. Probablemente asisten a la escuela de artes plásticas que hay a la vuelta de la esquina. Los dos tienen *smartphones,* pero no tabletas; tienen televisión por cable, pero no los canales de pago; leen las noticias, aunque no las páginas de economía; y me pueden decir los títulos de al menos cinco canciones que estén en el top 100 de la Billboard, aunque no los nombres de los políticos que forman parte del gobierno a excepción del presidente.

Elise se quedó boquiabierta y se echó a reír.

—Te lo has inventado todo.

Dax se volvió para mirarla y ella sintió cómo la temperatura en el interior de la americana subía varios grados.

—Él tiene una bolsa con el logotipo de la escuela de arte y los dos tienen teléfonos en los bolsillos traseros. El resto es investigación de mercado para ese grupo de edad. Los detalles podrían ser ligeramente diferentes, pero no los hábitos de entretenimiento.

—Impresionante. ¿Has comprobado alguna vez si estás en lo cierto?

Dax hizo un gesto con los ojos y extendió el brazo por el respaldo del banco, por detrás de los hombros de Elise.

—No estoy equivocado, pero puedes ir a preguntarles si quieres.

Ella evitó por todos los medios posibles apoyarse en el respaldo. No sabía cómo capear aquella inesperada conversación con Dax, ni qué pensar o sentir.

—Bueno…

La pareja no parecía demasiado interesada en que la interrumpieran. De repente, ella deseo estar así con alguien y que el mundo que la rodeara pareciera no existir.

—No pasa nada.

La sonrisa con la que él le respondió la relajó. Un poco.

—Ahora te toca a ti. ¿Qué ves en esos dos?

Elise habló lo que se le pasaba por la cabeza, sin pararse a pensar.

—Están en una edad en la que el amor sigue siendo excitante, pero tiene el potencial de ser mucho más doloroso porque se arrojan a él sin reservas. Aún no viven juntos, pero van en esa dirección. Él ha conocido a los padres de ella, pero ella no conoce a los de él porque el chico es de otro estado y resulta demasiado caro ir a casa con una chica a menos que sea serio. La invitará las próximas Navidades. Y le pedirá matrimonio el día de Año Nuevo porque es menos predecible que el día de Nochebuena.

—Todo eso te lo has inventado —afirmó él.

—No. Él tiene una camiseta del casino Choctaw, que está en Oklahoma y, si vivieran juntos, estarían en casa besándose en privado. El resto lo he sacado de años estudiando parejas y lo que los empuja a enamorarse —afirmó—. O sea que tú no te lo inventas y yo sí.

—Bueno, no creo que se pueda estudiar cómo se enamora la gente. Los sentimientos no son algo que se pueda cuantificar.

—Eso lo dice el que tiene un título de psicología. ¿Cómo determinó Skinner que las ratas respondían más favorablemente al refuerzo parcial? Pues no preguntándoles si preferían las noticias de Yahoo o las de Google.

Dax sonrió y el gesto golpeó a Elise con la fuerza de un vendaval. Ella luchó con una sonrisa propia y perdió.

—Tú estudias, haces una hipótesis, lo pruebas y *voilà*. Tienes una conclusión certificada.

—Dígame una cosa, doctora Arundel —dijo él—. ¿Cuál es su hipótesis sobre mí? Analízame del mismo modo que hiciste con esa pareja.

—¿De verdad? —preguntó ella. Dax asintió. Elise decidió elegir sus palabras cuidadosamente—. No te gusta estar solo y las mujeres llenan ese hueco. Quieres que ellas te desafíen, que hagan que merezca la pena estar con ellas, algo que nunca ocurre. Por eso, rompes antes de que ella se sienta demasiado unida a ti. Es un acto de amabilidad, porque en realidad no te gusta hacer daño. No es culpa de ellas que no sean la elegida.

La expresión de Dax no cambió, pero algo turbador se movió en las profundidades de sus ojos.

—¿Y qué te hace pensar que estoy buscando a esa mujer que dices? —le preguntó en un tono informal que no engañó a Elise. Ella notó la tensión que él estaba sintiendo.

Había dado en un punto sensible. Decidió seguir apretando.

—Si no fuera así, jamás habría accedido a que tratara de encontrarte pareja y mucho menos insistirías, sobre todo dado que no te salió bien con Candy.

Dax se movió un poco para girarse hacia ella. Entonces, levantó la mano y le rozó suavemente la mejilla a Elise. Entonces, tomó un mechón de su cabello y se lo colocó delicadamente detrás de la oreja.

—Vine a buscar una pareja y me quedé con la casamentera.

—Dax, sobre eso…

—Relájate…

Le mesó el cabello con los dedos, deslizándolos entre los mechones con suavidad hasta llegar a la nuca. ¿Y se suponía que ella tenía que relajarse cuando la tocaba de aquella manera?

—Estás perdonada —murmuró él—. Cancelo oficialmente nuestra apuesta. No te desilusiones.

Había vuelto a leerle el pensamiento. Una vez más.

El alivio se apoderó de ella. Ya no tenía que confesar que había trucado los resultados. Dax no tendría que saber nunca que había abandonado su ética.

Sin embargo, sin la apuesta no tenía escudo que la protegiera del acoso de Dax. No había excusa que la ayudara a mantenerlo a distancia. Lo peor de todo era que ya no había excusa para mantener su asociación.

—¿Acaso no crees que pueda emparejarte?

—Creo que eres capaz de venderle hielo a los esquimales, pero en realidad es que no quiero conocer a más mujeres.

—Tienes que hacerlo —insistió ella. Si no lo hacía, ¿cómo iba Dax a conocer al amor de su vida?

Dax sacudió la cabeza con tranquilidad.

—No tengo que hacerlo. Ya he conocido a la que deseo. A ti.

Un millar de sentimientos imposibles de expresar se apoderaron de ella, inmovilizándola.

Elise se quedó inmóvil y apartó la mano de Dax de su cabello.

—¿Yo?

—Venga ya… ¿A qué creías que me refería? Sería una tontería continuar con esto de mi emparejamiento cuando los dos sabemos que no va a ocurrir.

—¿Qué es lo que no va a ocurrir? ¿Lo de encontrarte pareja? —preguntó ella indignada.

Dax ya se había imaginado que ella no se rendiría sin presentar batalla. De otro modo, se habría sentido desilusionado. Había tardado gran parte del domingo en darse cuenta de cómo tenía que maniobrar todos los escollos que ella presentaba. Seguía sin estar seguro de si el plan era el correcto. Cabía la posibilidad de que ella siguiera resistiéndose.

Y eso era precisamente lo que lo hacía genial.

—El concepto tenía carencias desde el principio, y los dos lo sabemos. ¿Por qué no llamamos a las cosas por su nombre y seguimos adelante? Hay algo entre nosotros y lo sabes —afirmó mientras le colocaba un dedo en los labios para evitar que ella siguiera protestando—. No lo puedes negar. Veamos qué ocurre si nos centramos en eso en vez de en esta ridícula apuesta.

—Yo ya sé lo que va a pasar. Me llevarás a la cama,

será maravilloso y tú te pondrás insufrible pavoneándote de lo ocurrido. Repetiremos a la noche siguiente, y a la otra... ¿durante cuánto tiempo? ¿Tres semanas?

—O cuatro. ¿Cuál es el problema?

Elise suspiró dolorosamente.

—Eso no es lo que yo quiero.

—¿Preferirías que fuera a ciegas, sin tener ni idea de cómo encontrarte el punto G y luego comportarme como si no pasara nada cuando yo llegó al clímax antes que tú? Pasé esa etapa antes de llegar a los veinte años. Lo de ser insufrible... bueno... —dijo mientras le guiñaba el ojo—. Supongo que me perdonarás.

—Ya sabes a lo que me refiero, Dax. No seas difícil.

—¿Quieres que te haga promesas? —le espetó él—. Yo no funciono así. Nadie lo hace.

—No se trata de promesas, tan solo de estar de acuerdo en que tenemos los mismos objetivos en una relación.

Dax gruñó suavemente.

—Esto no es un programa de ordenador en el que veas el código antes de ejecutarlo. ¿Por qué no podemos ir día a día? ¿Por qué no puede ser como el sábado? —susurró mientras le acariciaba a Elise la oreja muy suavemente. En aquella ocasión, ella no le apartó la mano—. Lo de hoy también ha estado bien, ¿no?

—Sí —admitió ella tras cerrar los ojos un instante—, pero queremos cosas muy diferentes y no es muy inteligente empezar algo cuando eso se sabe de antemano. ¿Acaso debo renunciar a una relación de amor y compromiso a cambio de unas cuantas semanas de sexo fabuloso?

—¿Y quién ha dicho que tienes que renunciar a nada? Tal vez vayas a ganar algo. ¿Y qué tienes en contra del sexo fabuloso? —bromeó él.

—En realidad, me encanta el sexo fabuloso. Es especialmente fabuloso cuando puedo contar con que siga siendo fabuloso durante mucho tiempo en vez de estar constantemente preguntándome cuándo va a terminar.

—Veamos qué es exactamente lo que tú quieres, ¿te parece? Quieres encontrar a tu alma gemela, pero cuando un hombre no es exactamente lo que tú habías imaginado, sales corriendo en la dirección opuesta.

—Eso no es cierto…

Lo era. Elise necesitaba alguien real para superar las visiones sobre amantes de fantasía que tenía en la cabeza.

—Tienes compartimientos en la cabeza, preguntas de perfil que quieres que se respondan de un modo concreto antes de decidirte a dar el paso. Ningún hombre podría encajar en ese molde. Por eso, te quedas en casa los sábados por la noche y te entierras en mundos futuristas para evitar descubrir que tu alma gemela no existe.

—¡Claro que existen! Lo he visto.

—Para algunas personas, pero tal vez no para mí ni para ti. ¿Lo has pensado alguna vez?

–Nunca. Lo primero que me pregunto sobre todos los hombres que conozco es si alguno de ellos será mi alma gemela.

¿Todos los hombres? ¿Le incluía eso a él?

–Pero no das el paso para descubrirlo.

–Igual que tú evalúas a todas las mujeres para ver si ella es tu media naranja, luego decides que no puede ser y te alejas de ella antes de que haya pasado el tiempo suficiente para permitir que ella te desilusione.

–Sí –admitió Dax–, pero yo estoy dispuesto a admitirlo. ¿Y tú?

–No es justo –se quejó ella–. ¿Por qué no puedes ser un poco tonto?

Dax se echó a reír y no le importó que ella se hubiera zafado de la pregunta. De todos modos, ya conocía la respuesta.

–Yo debería preguntarte lo mismo. Si relajaras el cerebro durante un momento, podríamos evitar todo esto.

–¿Evitar qué? ¿Psicoanalizarnos el uno al otro debajo de la mesa?

–Claro que no. Esa es la parte sobre nosotros que más me pone.

–No hay nosotros –dijo ella tras apartar la mirada. Las mejillas se le habían vuelto a sonrojar y Dax sintió el deseo de besar aquellas manchas rosadas–. ¿Y qué ha pasado con lo de ser amigos?

–Si a ti te parece bien, a mí no me importa decir que somos amigos, pero prepárate para una dosis extra de amistad.

–En ese caso, dejémonos de etiquetas.

–Estoy de acuerdo. Con las etiquetas fuera, veamos qué es lo que ocurre si hago esto.

Dax le hizo levantar la barbilla y colocó los labios de Elise a un suspiro de los suyos. Dejó que ella se acostumbrada a la idea antes de hacer nada.

Ella se quedó completamente inmóvil.

Dax la quería ardiente, como se había mostrado en el sofá la primera noche que se besaron, justo antes de que se echara atrás. Él no sentía ni un gramo de remordimiento por tener que presionarla para llevarla donde él quería.

–¿Tienes miedo? –murmuró él contra los labios de Elise–. ¿Quieres ir a casa y ver *Blade Runner* por millonésima vez?

–Contigo no –le espetó ella. Le rozó los labios al hablar, deliberadamente, por lo que no debería haber hecho que Dax sintiera el aguijonazo del deseo en el vientre.

Se apartó una fracción y se alegró al ver que ella iba tras él.

–¿Prefieres hacer otra cosa conmigo? Lo único que tienes que hacer es decirlo.

Elise abrió los ojos de par en par. Dax cayó en aquellas profundidades del color del chocolate. Lo que los separaba era un océano, una eternidad, el universo entero, pero él quería cerrar aquella separación de la peor manera posible. La contención dolía. Y mucho. Sin embargo, quería ver si Elise daba el paso.

–Dax… –murmuró ella mientras le colocaba

las manos a ambos lados del rostro–. Hay algo que quiero hacer contigo, algo que llevo pensando mucho tiempo.

Él haría lo que fuera. Aquel beso sin contacto lo hacía arder de tal manera que temía arder de combustión espontánea.

–¿De qué se trata, cielo?

–Quiero derrotarte en tu propio juego –susurró ella. El abismo se cerró.

Elise lo devoró con avidez, deslizando la húmeda lengua contra la de él, reclamándola hábilmente. Las manos de ella le colocaron la cabeza para que pudiera profundizar el beso. Dax sintió que el fuego se le extendía por la entrepierna y estuvo a punto de desatar un alivio prematuro como los que había tenido que contener hacía casi dos décadas.

Trató de recuperar el control, pero ella no se lo permitía. Le deslizaba las manos por el torso como si fueran golondrinas. Los dedos encontraban hueco entre los botones para sentir su piel. Dax no pudo soportarlo.

–Elise… –gruñó mientras ella le mordisqueaba la oreja. Al mismo tiempo, le arañaba los abdominales con las uñas.

La lujuria desatada le encendía la parte inferior del cuerpo. Estaban en público. A propósito, para evitar que ocurriera nada demasiado fuera de control. Por supuesto.

Dax endureció los labios y la obligó a detenerse. Lánguidamente, la saboreó como lo haría con el buen vino y ella se suavizó bajo sus besos.

Envalentonado al ver que volvía a tener la iniciativa, le colocó la mano en la parte inferior de la espalda y la obligó a pegarse contra su torso. Elise gimió y colocó en ángulo la cabeza para besarlo más profundamente. Dax estuvo a punto de perder el equilibrio, pero se agarró con fuerza a Elise y se perdió en el mar de sensaciones que lo asaltaban.

O se detenían inmediatamente o se marchaban a un lugar más íntimo. Dax se apartó de mala gana tras darle un delicado beso en la sien.

Tuvo que ser lo primero. Dax tenía que volver a su trabajo y Elise probablemente necesitaba tiempo para valorar lo ocurrido, para analizar y repasar sus listados y convencerse de que aquello no estaba bien.

Tras respirar profundamente, Elise frunció los labios y lo miró con los ojos entornados seductoramente.

–¿He ganado?

# Capítulo Ocho

Regresaron al despacho de Elise de la mano y ella gozó con cada instante. Dax no se detuvo junto a su coche. Evidentemente, tenía la intención de acompañarla hasta el interior. Tal vez él tampoco tenía deseos de separarse de ella.

¿No era increíble? Dax Wakefield con Elise Arundel.

¿Qué estaba haciendo ella con él?

En primer lugar, no tenía ni idea y, además, no le importaba. O, al menos, no le importaba en aquellos momentos. La boca de Dax era mágica y muy capaz de alterar la actividad mental del cerebro de Elise.

—No hagas planes para esta noche –le dijo Dax mientras subían la escalera que conducía al despacho de Elise–. Llevaré la cena a tu casa y cenaremos allí.

Ella sonrió, incapaz de controlar el torrente de alegría que bullía en su interior. Por fin había llegado su oportunidad de conseguir su alma gemela.

—¿Una cita que, en realidad sí es una cita porque ahora estamos saliendo?

Reconoció que el hecho de insistir en encontrarle una pareja a Dax había sido una excusa para

110

evitar desearle para sí y negar también que esa misma idea la aterrorizaba. Y seguía aterrorizándola. Sin embargo, parecía que había llegado su turno para ser feliz y para hacer feliz a Dax al mismo tiempo. ¿Qué mal podía haber en intentarlo?

—Lo de salir suena un poco a etiqueta —comentó él, frunciendo el ceño sin verdadero enojo.

—Me muerdo la lengua entonces.

Desgraciadamente, ella sospechaba que tendría que hacer eso muchas veces en las semanas venideras. De algún modo, Dax había hecho posible que se deshiciera no solo de las etiquetas, sino también de las garantías para el futuro. No obstante, eso no significaba que ella hubiera cambiado. Seguía deseando un final feliz. Y seguía queriendo que Dax encontrara el verdadero amor.

Lo ocurrido en el banco había revelado mucho más de lo que los dos habían esperado, de eso estaba segura. Y era de lo único. Necesitaba desesperadamente creer que las confesiones los habían animado a ambos a probar algo nuevo en una relación: la permanencia en el caso de Dax y a ir día a día en el caso de Elise.

En su caso, requería un nivel muy alto de confianza que no estaba seguro de poseer. De hecho, ir día a día podría ser una bendición en sí mismo porque así ella tendría tiempo de darse cuenta si podía confiar en Dax sin comprometer del todo su frágil corazón.

Dax abrió la puerta de EA International y pronunció una palabra algo irreverente. Elise miró hacia el lugar en el que él se había fijado y vio que había cuatro mujeres junto al mostrador de Angie. Las cuatro se volvieron al unísono al escuchar el sonido de la puerta. Dax soltó la mano de Elise sin realizar comentario alguno.

Elise no tardó en reconocer a Candy. Las otras tres mujeres no le resultaban familiares, pero todas tenían un aspecto similar a pesar de tener un color de cabello diferente, como si compartieran peluquero. Y, como Candy, todas podrían haber salido de las páginas de una revista.

¿Nuevas clientas recomendadas por Candy? Parecía poco probable teniendo en cuenta cómo le había salido la cita con Dax. Además, Elise aún no le había encontrado a Candy su alma gemela.

–¿Es una emboscada? –le preguntó Dax. Su expresión era pétrea, como el granito.

–¿Una emboscada? –repitió ella riendo. Entonces, decidió que aquella no era la manera de referirse a potenciales clientes. Se apartó de él y se acercó a las cuatro mujeres con una sonrisa–. Soy Elise Arundel. ¿Puedo ayudarlas?

–Hemos venido a protestar –dijo la pelirroja, que parecía ser la portavoz del grupo.

–¿A protestar? –replicó Elise–. No comprendo.

Angie se puso de pie y se estiró la falda con nerviosismo.

–Lo siento, Elise. Estaba a punto de pedirles que se marcharan.

Dax agarró a Elise por el codo y señaló a la pelirroja.

–Elise, esta es Jenna Crisp, una antigua novia. A Candy ya la conoces. Angelica Moreau es la que está a la izquierda y Sherilyn McCarthy a la derecha. Todas son antiguas novias mías.

Elise no pudo evitar estudiar a aquellas mujeres con ojo crítico. Parecía que había sido completamente sincero cuando afirmó que no tenía preferencia alguna sobre los atributos de una mujer. Las tres, aunque hermosas y elegantes, eran tan diferentes como el día y la noche.

Esa prueba de su sinceridad la llevó a pensar que también lo había sido en las demás, lo que significaba que de verdad pensaba que el amor era pura ficción.

Sintió un cosquilleo en el estómago. La mano de Dax sobre el brazo tenía como objetivo tranquilizarla o retenerla. Sinceramente, no sabía cuál de las dos opciones necesitaba.

–¿Y por qué han venido a protestar exactamente?

Jenna se cruzó de brazos y se dirigió a Elise sin mirar a Dax.

–Estamos aquí por sus clientas femeninas. Protestamos porque lo haya escogido a él como posible pareja de una de sus clientas y para que no lo vuelva a emparejar con ninguna inocente mujer.

Elise miró boquiabierta a Jenna,

–Lo siento. ¿Cómo ha dicho?

Elise se sonrojó. Todos aquellos ojos estaban pendientes de ella, a los que había que añadir los de Angie y Dax, y habían conseguido ponerla in-

113

cómoda. Después de todo, aún llevaba puesta la americana de Dax, que contaba su historia sin palabras.

—A él no le interesa tener una relación —dijo Candy tras aclararse la garganta—. Me lo dijo claramente. Pensé que era extraño. ¿Por qué acudir entonces a una casamentera? Entonces, Jenna y yo nos encontramos por casualidad en el salón de belleza Turtle Creek y me enteré que solo es cliente suyo por una apuesta que los dos han hecho.

Las otras señoritas asintieron. Entonces, la morena dijo:

—Nosotras nos encontramos también en el salón con Jenna y Candy.

Iban al mismo salón de belleza. Elise debería felicitarse por su buen ojo, pero las rodillas le temblaban demasiado.

Jenna señaló a Dax.

—Es un canalla frío y sin corazón que se aprovechará de cualquier mujer sin una pizca de remordimiento. Ninguna mujer se merece que lo empareje con él. Tiene que dejar de ser su cliente.

La americana de Dax pareció incrementar su peso en veinte kilos. Aquellas mujeres no tenían ni idea de que Elise había estado besando apasionadamente a Dax hacía menos de diez minutos y que habían estado haciendo planes para cenar juntos. Sin embargo, Jenna no se refería directamente a Elise.

—Ya está bien —dijo Dax mientras se colocaba en-

114

tre Elise y sus exnovias–. Podéis decir todo lo que queráis sobre mí, pero no impliquéis a Elise en vuestras cuitas. Ella tiene derecho a aceptar a quien quiera como cliente y vosotras no tenéis derecho alguno a estar aquí.

La defensa de Dax le llegó a Elise al corazón. Bajo aquella fachada perfecta, era un caballero y ella apreciaba el interior y el exterior a partes iguales.

Aquel era un momento verdaderamente malo para descubrir que podría tener más sentimientos hacia él de lo que había pensado en un principio

Jenna miró con desprecio a Dax. Su animosidad era palpable.

–Estábamos aún juntos cuando accediste a ser cliente. ¿Se lo has dicho? Todo el mundo daría por sentado que una casamentera tendría interés en saber que no estabas soltero.

Elise sintió que el alma se le caía a los pies. Eso no podía ser cierto. Jenna estaba escupiendo medias verdades para vengarse de Dax, esa era la razón de todo aquello. Mujeres burladas escupiendo su ira.

–Eso es cierto –admitió Dax–. Estábamos saliendo, pero yo estaba soltero. No te prometí nada más allá de nuestra última cita. Si tú decidiste leer que había compromiso entre nosotros, es una pena, pero eso no tiene nada que ver con lo que yo estoy haciendo en EA International ni nada que ver con Elise. La estás utilizando para vengarte de mí, pero no te va a servir de nada.

«Vayamos día a día».

Aquello era prácticamente lo mismo que decir que no había prometido nada más allá de la última cita. Elise sospechaba que Dax daba ese discurso con frecuencia.

No. Dax no era un mentiroso. Era un jugador. Ninguna de aquellas mujeres había sido capaz de cambiar eso, y Elise no podría hacerlo tampoco, tanto si se tomaba las cosas día a día como si no. Su problema era decidir si podía vivir sin promesas y con la posibilidad de que Dax le diera el mismo discurso a otra mujer al cabo de unas pocas semanas, cuando se hubiera cansado de Elise.

Su frágil corazón estaba al borde de un precipicio.

Todos los ojos estaban pendientes de ella. Jenna la miraba con desprecio.

—Claro que tiene que ver con la clase de empresa que sea. ¿Es usted una casamentera o una ladrona? ¿Vienen las mujeres como Candy aquí esperando encontrar un hombre compatible que también esté buscando el amor y se ven desilusionadas y sin una sustancial suma de dinero?

Elise negó con la cabeza. No sabía por dónde empezar a revocar los hirientes y falsos comentarios de Jenna.

—Soy una casamentera. Exclusivamente. Me preocupo de ayudar a la gente a encontrar el amor. Incluso a alguien como Dax.

—¿A alguien como Dax? —repitió él—. ¿Y qué se supone que significa eso?

En aquellos momentos, todos estaban en contra de Elise, incluso Dax, que debería estar de su parte. Los dos se iban a embarcar en algo que no tenía etiqueta, pero que ella había querido explorar. Al menos antes de enfrentarse a aquella emboscada.

—Significa que tú no crees en el amor y que yo, ingenuamente, pensé que podría mostrarte lo equivocado que estás. Sin embargo, ahora veo que no puedo.

Le costaba admitir el fracaso, no solo a la hora de encontrarle pareja, sino también por haber cedido a una seducción que, para él, era rutinaria.

—Desde hoy, Dax ya no es cliente de esta empresa, así que sus protestas llegan demasiado tarde. Candy, te devolveré el dinero. Lo tendrás en tu cuenta dentro de dos días. Ahora, les ruego que se marchen.

Con eso, salió huyendo hacia su despacho y cerró la puerta. Esta se abrió inmediatamente. Era Dax.

—Lo siento. No tenía ni idea de que iban a estar esperando para abalanzarse sobre ti. No te lo merecías y es por completo culpa mía.

Elise se cubrió el rostro con las manos para no tener que mirarlo.

—No es culpa tuya. Y también me refería a ti cuando pedí que se marchara todo el mundo.

—Solo quería asegurarme de que estabas bien.

—No lo estoy. Y tú eres la última persona que puede arreglarlo…

Dax le colocó la mano en el hombro.

—Elise, tengo que regresar a mi despacho, pero te compensaré esta noche.

Ella se encogió de hombros y se apartó la mano.

—No puedo hacer esto contigo.

—¿Hacer qué? ¿Cenar conmigo? Hemos comido ya antes juntos y jamás has tenido ningún problema para tragar.

Ese era precisamente el problema. Dax quería que la cena no significara nada especial. Al cabo de unas pocas semanas, Elise terminaría como Jenna.

—La cena no es solo la cena y lo sabes. Es un comienzo y los dos tenemos ideas muy diferentes sobre lo que estamos empezando.

—Eso no es cierto. La cena es pasar tiempo juntos. Hacer que el otro se sienta bien. Conversar.

—Sexo —afirmó ella sin ambages.

—Por supuesto. Me gusta el sexo. ¿Qué tiene eso de malo?

—¡Que yo quiero casarme! Quiero estar enamorada. No inmediatamente, pero sí algún día, y necesito tener esa posibilidad. Necesito que el hombre con el que yo esté quiera también esas cosas —gritó.

—Tal vez yo también quiera eso. Tal vez tú quieras esas cosas, pero te des cuenta de que no las quieres conmigo y te parezca perfecto. Ninguno de los dos sabe con seguridad qué es lo que va a ocurrir. Nadie lo sabe.

No, pero Elise se imaginaba bien lo que ocurriría y eso no conducía a un final feliz para ella.

–¿Te imaginaste casándote con Jenna mientras salías con ella?

–No dejes que un grupo de mujeres rencorosas te vuelva en mi contra –dijo algo acobardado.

Aquella actitud le respondió a Elise tan claramente como si él le hubiera dicho que no.

–Y no lo estoy haciendo. Esto era un problema ayer y anteayer también. He dejado que unos besos apasionados en el banco de un parque me impidan pensar.

–¿Qué significa eso? ¿Que no quieres nada conmigo?

Elise no quería que fuera así. Que Dios la ayudara, pero no podía dejar que él se marchara para siempre.

–Me divierto más contigo que con ningún otro. Si no podemos ser amantes, ¿qué tiene de malo seguir siendo amigos?

–¿Es eso lo que quieres?

–No, Dax. No es lo que quiero, pero es lo que te puedo ofrecer –le dijo mirándole a los ojos sin pestañear a pesar de que estaba sufriendo mucho por dentro. Dax parecía muy abatido–. Ahora, regresa a tu trabajo y si sigues queriendo que seamos solo amigos, ya sabes dónde encontrarme.


Amigos.

Aquella palabra tuvo a Dax de mal humor todo el día.

¿Qué demonios era lo que quería Elise? ¿Que le

pidiera matrimonio antes de que pudieran disfrutar de una sencilla cena juntos?

Jamás le había costado tanto que una mujer accediera a salir con él, y mucho menos meterla entre las sábanas.

Estuvo trabajando hasta bien pasadas las seis de la tarde, pero sin conseguir ningún objetivo en ese tiempo.

Salió del despacho furioso y se metió en su coche, se puso a dar vueltas por Dallas sin destino fijo. De repente, después de un rato conduciendo, se fijó en los nombres de las calles. Estaba a una manzana de la casa de Leo. Dax se dirigió hacia ella y aminoró la marcha al pasar por la imponente verja de la mansión de su amigo, que se ocultaba tras un frondoso jardín de robles. Entre las ramas, se vislumbraban luces. ¿Estaría Leo en casa? Hacía un tiempo, Dax se habría apostado cualquier cosa a que no. Leo se pasaba el tiempo trabajando y resultaba muy complicado hacerle salir de su despacho incluso para tomar algo.

Dax se preguntó si Leo sería feliz.

Si el alma gemela de Dax existía, quinientos mil dólares parecían una ganga si con ello conseguía comprar una mujer que acallara todos sus miedos. Dax se acababa de gastar el doble en una serie de bienes que había comprado para Wakefield Media. Fuera lo que fuera, se romperían y se verían reemplazados por una tecnología mejor al cabo de unos pocos años.

Un alma gemela era para siempre. ¿Sería posible algo así para alguien como Dax?¿Y si ya la había conocido y no se había dado cuenta? Aquella era la definición de estar roto y era exactamente lo que Elise había querido decir cuando comentó lo de «alguien como Dax».

Antes de que hiciera una locura, como llamar a Leo y exigirle que le explicara cómo había sabido que Daniella era su alma gemela, pisó el acelerador y estuvo conduciendo hasta que estuvo a punto de vaciar el depósito de la gasolina. Entonces, se fue a casa. Allí, desgraciadamente no durmió bien y su ánimo mejoró muy poco.

El día siguiente fue peor. Todos, incluso Patricia, su asistenta, mantuvieron las distancias. A pesar de que comprendía el porqué, esto le enfureció aún más. Necesitaba algo que lo distrajera.

Como estaba de un humor perverso, sacó el teléfono y le envió un mensaje a Elise.

«¿Disfrutaste de tu velada en solitario?».

Qué tontería. Ella le ignoraría y le diría que se lo había pasado estupendamente sola o le gastaría una broma que no le daría en absoluto ninguna información sobre cómo se encontraba. Dax quería que estuviera de mal humor, quería que sufriera por…

«No. Fue horrible. Te echo de menos».

Sintió que el corazón le daba un vuelco y el teléfono se le cayó de las manos.

De ningún modo. No iba a enviarle un mensaje diciéndole lo triste que él se encontraba también. Seguramente estaba sentada en aquel sofá color champán que tenía en su piso, con el teléfono en la mano, esperando su respuesta.

No estaban saliendo. Elise no era su amante. No debería ser tan difícil.

Dejó el teléfono sobre el escritorio y decidió ignorarlo durante los próximos minutos, mientras leía una y otra vez el mismo párrafo de la propuesta de marketing.

El teléfono estaba a su lado, condenándolo en silencio.

–Deja de mirarme –gruñó. Entonces, agarró el aparato y lo puso boca abajo.

Elise quería que él fuera un príncipe de cuento de hadas que le robara el corazón con promesas de amor eterno. Esto distaba mucho de quien él era, por lo que no podía ni siquiera imaginarse haciéndolo. No había que más decir al respecto.

El teléfono sonó.

Tenía que haberse imaginado que ella no iba a tolerar que la ignorara. El corazón le hizo un baile extraño y rápidamente dio la vuelta al teléfono y apretó el botón para contestar.

–Hola, Dax… –dijo una voz femenina ronroneándole al oído. No era la de Elise.

Maldita sea. Debería haber mirado al menos quién era la persona que llamaba.

–Hola… –respondió. No tenía ni idea de quién era.

–Llevo pensando en ti desde ayer…

Sherilyn. Dax reconoció por fin la voz y, si hubiera sabido de quién se trataba, jamás habría respondido al teléfono.

–¿Ayer, cuando tú y las demás entrasteis en una oficina y empezasteis a decirle a gritos a la propietaria cómo dirigirla?

Recordó lo bien que Elise había manejado la situación. Era una mujer admirable.

–En realidad yo no formaba parte de eso –respondió Sherilyn–. Fui con las otras porque tenía interés en volver a verte y comprobar que no te iban a emparejar con nadie. La verdad es que me apetece volver a pasarlo bien contigo.

–Lo siento, Sherilyn, pero a mí no me interesa tener nada contigo en estos momentos. Ya oíste a Candy. Sería injusto para ti.

Dax estaba harto de todo aquello.

–Vamos… No te pido compromiso alguno, Dax. Solo una noche.

Las palabras de Sherilyn le resonaron en la cabeza, pero las oyó con su propia voz, tal y como se lo dijo a Elise. No era de extrañar que la idea le hubiera resultado repugnante a Elise proveniente de él tal y como le había resultado repugnante a él al escucharlo en labios de Sherilyn.

¿Por qué no le había dado Elise un bofetón? En vez de eso, le había ofrecido su amistad, que él le había despreciado porque quería las cosas a su manera, no a la de ella. Y por eso, había perdido algo muy valioso en el proceso.

Suspiró.

–No. En realidad, no me acuerdo. Gracias por llamar, pero te ruego que te olvides de mí. No va a volver a ocurrir nada entre nosotros.

Con eso, cortó la llamada y se puso a mirar por la ventana. Sería mejor que empezara a admitir que había perdido a Elise y que no tenía ni idea de cómo arreglarlo.

La aparición de las cuatro exnovias no había causado su problema con Elise. El problema había existido desde el principio, tal y como ella había dicho. Había descartado las esperanzas y los sueños de Elise porque se basaban en algo que él consideraba absurdo e improbable: el verdadero amor. Efectivamente, había realizado el perfil y se había dejado llevar, pero solo para ganar la apuesta y no porque creyera que ella tenía una habilidad especial para demostrar algo que era imposible demostrar. Sin embargo, ella había creado un negocio entero sobre ese concepto. Si alguien tan inteligente como Leo encontró a su alma gemela gracias a ello, tal vez la idea tenía más de verdad de lo que Dax quería creer.

Tal vez debería darle una oportunidad a la manera de Elise.

O...

El amor era un mito y, después de que hubiera pasado un tiempo, la novedad del matrimonio se habría pasado. Podría ser que Leo estuviera demasiado avergonzado de admitir que había cometido un error. Si Dax cedía a lo que Elise pedía sin más información, podría estar condenándose a un futuro de sufrimiento. Después de todo, no podía confiar con facilidad por una razón. Solo tenía que considerar lo ocurrido con su amistad con Leo.

Además, Elise quería conocer a su alma gemela y Dax no lo era. Tenían una perspectiva completamente diferente sobre las relaciones y sobre la vida en general. Eso estaba demostrado. Entonces, ¿por qué fingir?

No había nada malo en que dos adultos libres se divirtieran juntos. No tenían que jurarse devoción eterna para llevar su relación al siguiente nivel.

¿Por qué se mostraba ella tan testaruda al respecto?

Leo podría estar demasiado avergonzado de sincerarse sobre lo desastrosa que podría ser en aquellos momentos su relación con Daniella, pero Elise tenía muchos otros clientes. Estaba seguro de que varios de los emparejamientos de EA International no habían durado. Un final infeliz era mejor manera de afirmar que el amor era un mito que lo emparejaran con otra Candy.

Necesitaba una pareja que no hubiera terminado con su alma gemela como la empresa publicitaba. Entonces, podría llevarle las pruebas a Elise. Ella tenía que comprender cómo funcionaba el mundo real. ¿Qué mejor manera podía haber de convencerla? Tendría pruebas de que, en ocasiones, por mucho que una persona desee tener un compromiso para toda la vida, simplemente no ocurría. Por supuesto, ella podría disgustarse al principio un poco por haber estado esperando algo que no existía, pero terminaría comprendiendo lo que él le quería decir. Elise lo deseaba tanto como él la deseaba a ella, y tenían que dejar que lo que había entre ellos siguiera su curso natural.

Las garantías eran para los productos, no para la gente. Al día siguiente a aquella misma hora, podría ser que tuviera ya a Elise desnuda y gimiendo de placer bajo su cuerpo.

# Capítulo Nueve

El sábado por la noche, Elise por fin dejó de llevar el teléfono constantemente en la mano. Dax no le había llamado, ni le había enviado ningún mensaje ni tampoco había ido a verla. Ella le había abierto la puerta y, en vez de cruzar el umbral, Dax había preferido salir huyendo en la dirección opuesta. Él se lo perdía.

Y, desgraciadamente, ella también. Lo único bueno de todo aquello era que había sabido frenar a tiempo. No quería ni imaginar lo dolida que estaría si hubiera permitido que las cosas fueran más allá. Fuera como fuera, se sentía muy desilusionada de que él ni siquiera hubiera querido ser su amigo.

Tenía que centrarse en Blanca y en Carrie, las dos nuevas pupilas de su programa de pulimiento y transformación. Las dos iban a llegar dentro de un par de semanas y Elise no había hecho ningún preparativo.

Le envió un correo electrónico a Dannie, que ayudaba a Elise con las clases de maquillaje y peluquería cuando era necesario. A Dannie le gustaba trabajar a su lado y eran muy buenas amigas.

Confirmó las fechas y adjuntó una copia del contrato de obra de Dannie. Normalmente, no tendría dudas sobre si Dannie aceptaría o no, pero Leo y ella acababan de regresar de unas largas vacaciones en Bora Bora con la esperanza de que Dannie regresara a casa embarazada.

Elise estaría encantada de que Dannie rechazara el proyecto por ese motivo.

A continuación, realizó una lista de la compra. Se aseguró de incluir ingredientes saludables que no fueran difíciles de preparar. Pocas de las mujeres de ese programa se defendían bien en la cocina. Era uno de los muchos aspectos que ella trataba de mejorar. Después, se pasó el resto de la tarde pensando. Por último, puso una película, pero no lograba concentrarse.

Cuando el timbre sonó, se sobresaltó y miró el reloj. Dios santo. Era casi medianoche. Solo podría ser Dax. Una mirada por la ventana confirmó sus sospechas, reconoció los anchos hombros y su esbelta figura.

El corazón se le alegró. Lo había echado tanto de menos…

Se tomó unos segundos para prepararse. Podría haber ido a verla por varios motivos. Era mejor averiguar inmediatamente lo que le había llevado hasta allí antes de hacerse ilusiones.

—No te esperaba —dijo cuando por fin le abrió la puerta de su casa. Estaba muy guapo, como siempre, pero una sombra parecía nublarle la mirada—. ¿Qué es lo que pasa?

La tensión restallaba en el aire.

—No sé por qué estoy aquí.

–¿Aburrido? ¿Solitario? ¿Acaso no quieres encontrar a nadie más que quiera jugar? –le preguntó ella mientras se cruzaba de brazos.

–Al contrario –replicó él–. Salen mujeres de todas partes, menos la que realmente deseo.

–Yo… Esperaba que llamarías… –susurró ella. Había pasado ya una semana y lo echaba mucho de menos.

–¿De verdad? ¿Y qué esperabas que te dijera? ¿Que fuéramos amigos? ¿Que nos pintáramos el uno al otro las uñas y que saliéramos juntos a comprar zapatos?

Elise debería cerrar la puerta. Debería decirle que se marchara y que olvidara que le había dicho alguna vez que fueran amigos.

–Esperaba que tú cedieras lo suficiente para admitir que hay una posibilidad de que pudieras enamorarte algún día. Si eso no era posible, esperaba que al menos quisieras quedar para almorzar de vez en cuando o que…

–Elise, no quiero ser tu amigo. No es suficiente. No te iba a llamar. No iba a venir a verte. He estado a menos de una manzana de tu casa cinco veces en esta semana.

–Pero no te detuviste…

–Sí, no me detuve. Hasta esta noche.

–¿Y qué tenía esta noche de especial?

–No puedo… No sé cómo darte lo que quieres –replicó él–. Y tampoco sé cómo mantenerme alejado de ti.

El corazón de Elise comenzó a latir con fuerza.

Por eso le había echado tanto de menos. Cuando Dax le mostraba los retazos de su alma, resultaba más hermosa que el océano durante la puesta de sol.

—Yo jamás te pedí que te mantuvieras alejado. No deberías haberlo hecho.

—Claro que sí. De hecho, no debería estar aquí ahora mismo, pero no puedo dormir. No me puedo concentrar. En lo único que puedo pensar es en verte desnuda, abrazada a mí, y en ese cerebro tuyo funcionando a tope para tratar de encontrar modos más creativos de desafiarme.

La imagen de su cuerpo desnudo enredado con el de Dax hizo que saltaran chispas en el abdomen de Elise y que se le pusiera la piel de gallina. Tragó saliva.

—Lo dices como si fuera algo malo —bromeó ella.

—Es ridículo y me pone furioso, así que deja de comportarte tan pagada de ti misma.

La mirada de Dax podría haber deshecho el hielo. De repente, su extraño estado de ánimo cobró sentido. Normalmente, cuando deseaba a una mujer, la seducía sin más. Sin embargo, respetaba a Elise demasiado como para hacerlo con ella y estaba experimentando un increíble conflicto por ello. Comprender aquello fue una sensación tan poderosa como saberse objeto de su deseo.

Combinadas, las dos cosas le dejaban sin aliento.

—Pobrecillo —susurró ella—. ¿Te ha liado la mala de Elise?

Dax levantó una ceja y, en ese instante, desapareció toda su ira, tal y como había sido la intención de Elise.

—No te atrevas a hacer una sugerencia a menos que tengas un plan…

—Esta conversación no está evolucionado en juegos previos…

—Todavía no —murmuró él mirándola de arriba abajo—, pero te agradezco la confirmación de que hablar sucio cuenta para ti como juegos previos.

Elise debería darle con la puerta en las narices… pero ella había cambiado el hilo de la conversación a propósito, para darle un respiro y que él confesara más de lo que hubiera tenido intención. Lo último que quería era que él se marchara.

Sin embargo, ¿significaba eso que quería que se quedara?

Entre el estado de ánimo que él presentaba y el hormigueo que ella sentía en el vientre, aquella noche podría terminar solo de dos maneras. O ella le dejaba meterse en su cama y en su corazón o le apartaba de su lado para siempre.

Dax seguía en la puerta, esperando a que ella tomara una decisión.

—¿Por qué estás aquí, Dax?

—¿Por qué me resulta tan sexy cuando me regañas? —comentó él con una sensual sonrisa.

—Porque te falta un tornillo en la cabeza —replicó Elise con una sonrisa encogiéndose de hombros—. Debemos estarlo los dos. Si quieres la respuesta de verdad, la dijiste tú mismo. Te gusta que te desafíe. Si las cosas resultan fáciles, no las valoras.

–Pues te aseguro que no clasificaría esta situación como fácil.

–Sigues sin contarme la razón de que estés aquí.

Dax se cruzó de brazos y se apoyó en el umbral de la puerta.

–¿Has hecho alguna vez un seguimiento de las parejas a las que has emparejado?

–Por supuesto. Las utilizo como referencia y organizo fiestas cada pocos meses para los clientes antiguos y los actuales para darles las gracias a todos ellos. Muchos se hacen amigos.

–Están todos muy felices. Todos. Todos han encontrado a sus almas gemelas y dicen que tú eres responsable al cien por cien de su felicidad.

–¿Has hablado con mis antiguos clientes?

La sorpresa no fue que él lo hubiera hecho, sino que acabara de hacerlo. ¿Por qué no había tenido aquellas conversaciones al principio, cuando aún actuaban bajo los términos de la deuda?

–Con los más recientes no, solo con los que emparejaste hace más de cinco años. Deberían ser muy infelices hoy en día. Los finales felices para siempre no existen –afirmó.

Sin embargo, él había descubierto justamente lo contrario y, evidentemente, eso le había dejado sin palabras. No había hablado con los clientes de Elise hasta aquel momento porque antes no lo había creído necesario. Había estado convencido de que le dirían lo que él ya creía que era cierto.

Resultaba muy duro que le devolvieran su propia arrogancia en una bandeja de plata.

–Yo ofrezco una garantía, Dax –le recordó ella–. Nadie me ha pedido nunca que le devuelva el dinero.

En vez de admitir que había estado equivocado y murmurar una disculpa, Dax se quedó mirándola muy fijamente.

–¿Es que no me vas a invitar a pasar?

–¿Y por qué tendría que hacerlo?

–Porque quieres saber qué más he averiguado cuando hablé con tus clientes.

Elise no creyó ni un por un instante que él solo quisiera contarle lo que había descubierto. El premio no era sencillamente la información, y los dos lo sabían.

Mantuvo la puerta abierta y le invitó a pasar rezando para que no tuviera que arrepentirse.

No debería haber contestado, pero se alegraba de haberlo hecho, Si Dax había estado hablado con parejas felices, tenía que saber si, de algún modo, ellas habían conseguido que Dax abriera los ojos. Tal vez lo habían transportado a un lugar en el que podía imaginarse el futuro con una mujer.

¿Y si ella era esa mujer? No quería pedirle que se marchara antes de descubrirlo.

–Dax…

Él la miró mientras atravesaba el umbral.

–Elise.

Ella examinó su hermoso rostro para encontrar algo que la tranquilizara.

–Te ruego que no hagas esto a menos que sea en serio…

Dax cerró la puerta y se apoyó contra ella. El suave clic que hizo al cerrarse retumbó por el silencioso vestíbulo.

Respiró profundamente antes de tomarla entre sus brazos allí mismo. Aquella noche no era para saciar su sed en el pozo que era Elise, aunque se estaría mintiendo si no albergara ciertas esperanzas. Aún no estaba seguro de lo que ocurriría aquella noche, de lo que quería realmente, o de lo que ella quería, pero la fragilidad del cuerpo de Elise no hacía nada para calmarlo

–¿Que no haga qué? –le preguntó él–. ¿Contarte las diecinueve conversaciones que he tenido con parejas tremendamente felices? Me daban náuseas.

–¿Diecinueve? Estás hablando de muchas conversaciones sobre el amor verdadero. Lo que no entiendo es por qué lo has hecho.

Dax se encogió de hombros.

–Estaba seguro de que encontraría al menos una pareja que hubiera terminado en divorcio. No hace falta que te diga que no encontré a nadie. Tras la emboscada de estrógenos que sufrí en tu empresa, decidí que tenía que encontrar algunas respuestas.

–Siento mucho lo que ocurrió. Debió de ser muy difícil de digerir, en especial viniendo de mujeres con las que habías tenido antes relaciones íntimas. Yo egoístamente solo pensé en mí misma y no se me ocurrió preguntarme qué habías sentido tú.

–Hmm… En realidad, estaba más preocupado por mí que por ti –repuso él–, pero gracias.

Una pequeña palabra debía corresponder la tremenda generosidad de Elise. Muchas mujeres, la mayoría, habrían dicho que él había recibido lo que se merecía y tal vez era así. Había tratado a Jenna bastante mal. Suspiró. De hecho, podría ser que todas las mujeres tuvieran derecho a quejarse de él. Las relaciones sentimentales no eran su fuerte.

Sin embargo, quería que aquella fuera diferente.

Elise le indicó que se dirigiera al salón.

–Entonces, mientras hablabas con mis clientes, ¿qué averiguaste?

Dax la siguió y le agarró la mano para que se diera la vuelta justo delante de la chimenea. Las llamas daban una luz muy romántica.

«No hagas esto a menos que sea en serio…».

Dax quería que fuera en serio, quería que por fin algo cambiara…

–Me di cuenta de que el que se está perdiendo algo soy yo. Esta noche me bajé del coche porque quería saber de qué se trata. Tú eres la experta en relaciones. Dímelo.

A la luz de las llamas, la piel de Elise era luminosa. Dax quería trazarle la línea de la garganta con los labios y luego descubrir todas las delicias que ocultaba aquel cuerpo bajo el jersey blanco. Sin embargo, también ansiaba saber todo lo que ella tuviera que decir.

Elise levantó la mirada. Su gesto expresaba tanto deseo que provocó que algo poderoso, que era en parte química y en parte algo que no era capaz de definir, pasara entre ellos. Reconoció que, desde el momento en el que la conoció, su vida había perdido el equilibrio.

–Dime lo que me falta, Elise.

–¿Y si te lo demuestro?

–Si lo hicieras, ¿qué aspecto tendría?

–Tendría el aspecto de dos personas que conectan a un nivel fundamental –susurró ella. Sin dejar de mirarlo, le deslizó la mano que tenía libre por el torso y la dejó descansar sobre su corazón. Notó que este se aceleraba bajo sus dedos–. Parecería el inicio de un largo beso que uno no desea que acabe nunca. Tendría el aspecto de la amistad que se hace cada día más hermosa porque se ha abierto el alma al mismo tiempo que el cuerpo. ¿Has sentido eso antes?

–No –susurró él. Se sorprendió de que se le quebrara la voz, de lo mucho que, de repente, quería algo que ni siquiera sabía que existía.

–Yo tampoco.

La tristeza que notó en la voz de Elise lo dejó muy apesadumbrado, pero parecía unirlos a ambos en un mutuo deseo de algo importante y especial.

–¿Y cómo podemos conseguirlo?

–Está aquí mismo –musitó ella mientras le golpeaba suavemente el lugar en el que estaba el corazón y luego haciendo lo mismo con el suyo–. Para los dos. Lo único que tenemos que hacer es querer alcanzarlo al mismo tiempo, eso es lo que hace que sea maravilloso.

Todo en su interior se despertó de repente, suplicando dejarse llevar por las sensaciones, pero también por lo intangible. Dax había cancelado la apuesta solo porque había empezado a sospechar lo que estaba a punto de perder. Cuando miró el alma de Elise, se sintió perdido.

–Elise… –murmuró. Le hizo levantar la barbilla para acercar aquellos jugosos labios a los suyos–. Lo digo en serio.

Entonces, se dejó llevar por un largo beso que deseó que no terminara nunca mientras tomaba a Elise entre sus brazos. Cuando sintió que las rodillas le fallaban, la hizo tumbarse sobre la alfombra con él, girándose para caer primero y evitar que ella se hiciera daño. Juntos se deslizaron a un abismo de puro gozo.

Elise encontró el bajo de la camisa y le extendió las manos por la espalda. Dax gruñó y colocó la cabeza en ángulo para profundizar aún más el beso, para explorarle la boca con la lengua y para saborearla por completo.

No era solo un deseo urgente lo que les había unido. Era mucho más. Algo profundo y lleno de significado. Aunque su vida hubiera dependido de ello, Dax no se habría detenido. Deseaba a Elise. Deseaba todo lo que ella pudiera ofrecer, en especial el vínculo emocional.

–Dax… –susurró ella levantando la cabeza un milímetro.

–¿Hmm?

Aprovechó la oportunidad para besarle el largo

cuello, tal y como llevaba días imaginando. Elise gimió de placer y echó la cabeza hacia atrás para facilitarle el acceso.

–¿No quieres subir al dormitorio? –le preguntó ella después de un largo minuto.

–No especialmente. No creo que pueda esperar tanto tiempo.

–Yo… Bueno, ya sabes. El salón es para ver la televisión. La cama es para tumbarse. En la oscuridad.

Se sonrojó un poco más.

–A mí no me gusta la oscuridad. Quiero verte.

–Es que… no hay mucho que ver.

Elise se apartó de él. Dax se sentó en la alfombra para darle un poco de espacio. Entonces, extendió la mano y agarró la de ella suavemente. Lo último que quería era que ella se sintiera incómoda.

–¿Qué ha pasado con lo de abrirse en cuerpo y alma? ¿No se trataba de eso?

–Resulta más fácil decirlo que hacerlo, en especial cuando la competencia que tengo es tan dura.

¿Competencia?

De repente, Dax lo comprendió todo. Sus exnovias. No solo le habían metido miedo, sino que le habían dado complejos sobre su aspecto. Sintió una punzada en el corazón que rápidamente se vio sustituida por una extraña ternura.

–Mírame –dijo él–. No hay manera de decir esto sin parecer arrogante, pero te pido que lo pienses durante un instante. ¿No te parece que yo podría estar en la cama con cualquier mujer que quisiera?

—Sí, pero eso no lo ha cuestionado nadie.

—En ese caso, ¿no crees que podrías deducir, sin temor a equivocarte, que estoy con la mujer a la que deseo y que creo que eres tan hermosa que no hay comparación posible?

En realidad, él no había hecho nada para convencerla de eso porque su relación había evolucionado de un modo muy poco ortodoxo. Nunca le había enviado flores ni le había comprado joyas ni se había pasado una velada entera halagándola a lo largo de la cena.

Sin embargo, no quería hacer con ella ese tipo de cosas. Las había hecho con otras mujeres en muchas ocasiones, pero jamás le había reportado nada más que algo superficial para conseguir llevarse a una mujer a la cama.

Elise se merecía algo mejor. Le acarició el cabello con la mano y se lo apartó del rostro.

—En vez de decirte lo que siento por ti, ¿qué te parece si te lo demuestro?

# Capítulo Diez

Elise sonrió.

—¿Qué te parece eso?

Evidentemente, había reconocido sus propias palabras cuando Dax las pronunció.

—Me parece algo tan maravilloso que casi no puedo respirar…

Sin dejar de observarla, Dax agarró la parte inferior del jersey que Elise llevaba puesto y lo levantó lentamente, hasta que el abdomen de ella quedó al descubierto. Entonces, se detuvo.

—¿Confías en mí para el resto?

Ella lo miró sorprendida.

—Nunca…nunca pensé que estoy tuviera ver con la confianza.

—Por supuesto que sí. Estamos soltándonos al mismo tiempo, pero hacerlo requiere cierta fe. Por ambas partes.

Elise se quedó completamente inmóvil. Dax dedujo inmediatamente que tenía menos experiencia con los hombres y el sexo en general. Todo lo que había ocurrido entre ellos entonces encajaba.

Ella asintió y levantó los brazos para que él pudiera quitarle el jersey. Le demostró así lo mucho que confiaba en él. Dax respiró profundamente para tratar de tranquilizarse y se tomó su tiempo para quitarle el jersey, centímetro a centímetro de cremosa y bella piel.

Elise no llevaba sujetador. Sus senos eran perfectos, coronados por unos pezones que se pusieron erectos al notar la apasionada mirada de Dax. Él murmuró una maldición y apretó los puños. Deseaba tanto acariciarla. Se dijo que era mejor tomárselo con calma.

—Eres exquisita… —murmuró con dificultad. Arrojó el jersey, pero fue incapaz de apartar la mirada de ella.

—Ahora te toca a ti.

Dax obedeció inmediatamente. Se quitó la camisa tan rápido como le fue posible.

—Mira todo lo que quieras aquí a la luz…

Eso fue precisamente lo que hizo Elise. Al principio mostró reparo, pero luego lo hizo con un descaro lleno de deseo. Mientras la mirada de ella recorría el torso desnudo de Dax, la excitación que se apoderaba de él era cada vez mayor. Toda la sangre de su cuerpo parecía concentrarse en la parte inferior de su cuerpo, provocándole una enorme excitación.

Elise iba a terminar con él.

—Acostúmbrate a verme sin ropa –le dijo él–. Voy a estar mucho más desnudo. Quiero que veas el efecto que produces en mí cuando te miro. Lo mucho que te deseo y lo hermosa que eres para mí.

Sin más dilación, se puso de pie y se desabrochó el botón de los vaqueros bajo la ardiente mirada de

Elise. Ella lo observaba en silencio con los labios entreabiertos y las manos fuertemente entrelazadas sobre el regazo.

Cuando Dax estuvo completamente desnudo, ella exhaló un sonido ahogado. La había dejado sin palabras.

—¿Ves esto? —le preguntó mientras se señalaba la potente erección—. Es por ti, nena. Ni siquiera me has tocado y estoy a punto de estallar.

—¿Y si quisiera tocarte? —le preguntó ella inocentemente—. ¿Está permitido?

—Por supuesto que sí. Te animo a hacerlo.

Elise se acercó a él y se quitó el resto de la ropa. Entonces, se arrodilló a los pies de Dax. Con increíble cuidado, le deslizó las manos por las piernas, tocándole los muslos. Estuvo a punto de acariciarle la erección, pero no lo hizo.

Elise se puso de pie para continuar con su exploración. Dax se esforzó por permanecer inmóvil, a pesar de que cada nervio de su cuerpo vibraba en estado de alerta, listo para saltar a la primera oportunidad.

—Tienes unos abdominales maravillosos —murmuró ella mientras le acariciaba el torso como si estuviera leyendo en Braille—. Son firmes como la piedra, pero suaves como el terciopelo.

—Pues tócame un poco más abajo de los abdominales y encontrarás algo más que encaja con tu descripción.

Elise miró hacia el lugar que él indicaba y dejó escapar un ligero suspiro de apreciación.

—¿De verdad yo te hago eso?

—Llevas haciéndolo desde hace semanas. Ahora voy a pasar a la parte práctica de esta demostración.

Dax la tomó entre sus brazos y la besó apasionadamente, dejando que todo el deseo contenido guiara aquel beso. Inmediatamente, ella se fundió con él, y Dax la apretó con fuerza para hacer encajar el precioso cuerpo de Elise contra el suyo.

Ella era maravillosa, cálida y suave. Dax disfrutaba tocándola, deslizándole las manos por la espalda, por la delicada curva del trasero... Estuvo a punto de gritar cuando ella repitió sus mismos actos. Sus manos eran torpes, pero osadas a la vez, con un ansia que lo transportaba a él a un vórtice de necesidad más poderoso de lo que él hubiera experimentado nunca.

Aquella experiencia iba mucho más allá de dar placer y experimentarlo.

La levantó con facilidad y la depositó en el sofá, se arrodilló entre sus maravillosas piernas y se fue deslizando sobre ella hasta que estuvieron completamente piel contra piel.

—Háblame... —murmuró él mientras le mordisqueaba el cuello—. Dime lo que te gusta, Elise...

Elise se mordió los labios con gesto pensativo.

—Los zapatos. Y, aunque me resulte horrible admitirlo, me encanta el chocolate.

Dax ni siquiera pudo echarse a reír.

—¿Y por qué es horrible que te guste el chocolate?

—Porque se me acumula en las caderas. Engordo muy fácilmente.

–Para mí eres muy hermosa y lo serías también si pesaras más.

Con cierto descaro, deslizó la pierna junto a la de él, abriéndose sin que pareciera que se diera cuenta. Resultaba tan sexy sin saberlo…

Dax comenzó a besarle el vientre, bajando poco a poco hasta la unión de los muslos. Se los separó fácilmente. Elise contuvo la respiración al notar cómo él saboreaba el centro de su feminidad, lamiéndolo ligeramente para darle tiempo de ajustarse a un beso tan íntimo.

Ella movió las caderas, acogiendo más profundamente los labios de Dax para facilitarle así el acceso. Entonces, lanzó un profundo gemido de placer y eso fue todo. Comenzó a temblar contra la lengua de Dax y lo excitó hasta tal punto que él estuvo a punto de alcanzar su propio clímax allí mismo. Le costó mucho contenerse.

Se moría de ganas por hundirse en ella.

Se colocó un preservativo rápidamente y se tumbó encima de ella. La miró fijamente, comunicándose con ella sin necesidad de palabras. Elise le devolvió una mirada luminosa, plena de satisfacción.

Muy lentamente, se fue encajando entre los muslos de Elise hasta conseguir completar plenamente la unión entre ellos. Ella jadeó al sentirlo dentro y notar cómo él empujaba. Cuando la penetró completamente, el placer se apoderó de Dax y comenzó a gemir en armonía con ella.

Era una sensación maravillosa… Dax no se pudo contener. Elise pronunciaba constantemente su nombre a medida que él los iba llevando a ambos cada vez más a algo. Dax quería tocarla, acariciarla, hacerle alcanzar el orgasmo una vez más antes que él... Sin embargo, ella se movió y el ángulo resultó tan placentero que perdió por completo el control. Sintió que estallaba dentro de ella y gritó de placer al sentir que ella alcanzaba de nuevo el clímax al mismo tiempo que él. El poderoso orgasmo lo atrapó durante un largo instante, cegándolo a todo menos al gozo del sexo.

Con la chimenea y la calidez de sus propias sensaciones, permaneció tumbado sobre ella, incapaz de moverse. Elise se acurrucaba contra él, dejando que su pecho tratara de respirar a la vez que el de él. Dax experimentó en aquellos momentos una profunda sensación de gozo.

Aquello era lo que se había perdido.

Los finales felices tal vez empezaban con un día de felicidad que resultaba tan maravilloso y tan sorprendente que, al día siguiente, uno se despertaba ansiando repetirlo. No había nada que pudiera impedirlo.


Elise al final convenció a Dax para que se metieran en la cama, sobre la que disfrutaron de la más explosiva experiencia que ella había tenido en su escaso número de encuentros sexuales.

Hasta aquel momento, había conseguido ocultarle aquel detalle a Dax, pero ya no podía mentirle.

Se acurrucó contra él y esperó a que él los cubriera a ambos con la sábana para compartirlo.

—Eres el primer hombre que ha estado en esta cama.

—¿De verdad? —respondió él muy asombrado.

¿Tanto le habían afectado un par de orgasmos? Ella notó que estaba empezando a asignarle a Dax toda clase de sentimientos que no tenía derecho alguno a asignarle. Tenía que bajar al suelo con rapidez antes de que se hiciera ideas equivocadas sobre lo que estaba ocurriendo allí, ideas que tan solo podrían llevarla a la más profunda desilusión.

Había consentido acostarse con Dax, pero no enamorarse de él.

—Sí, y pensé que tú merecías la pena.

Dax le acarició suavemente la mandíbula y le colocó la cabeza de modo que pudiera mirarla. Algo húmedo y tierno se escapó del modo en el que la observaba.

—Eso es lo mejor que me ha dicho nadie en toda mi vida.

Dax la besó dulcemente durante un largo instante y la envió al reino de un gozo muy diferente. ¿Qué importaba si Elise mantenía la cabeza un poco más de tiempo en las nubes?

Estaba en la cama con Dax y era guapo y maravilloso. Aquella era la mejor noche que era capaz de recordar. Y no parecía que fuera a terminar pronto.

—Permanece aquí tumbada conmigo —dijo él mientras la colocaba de espaldas contra su cálido torso y la abrazaba como si nunca fuera a dejarla escapar, como si aquello fuera lo más natural del mundo.

—Entonces… ¿te vas a quedar?

—¿Te refieres a pasar la noche? Dado que son casi las dos de la madrugada, di por sentado que eso era lo que íbamos a hacer. ¿Quieres que me marche?

—¡No! —exclamó ella horrorizada mientras se acurrucaba a él todo lo que podía. Lo último que quería era despertarse sola—. Solo estaba preguntando. Me encanta que te quedes donde estás.

Ningún hombre había dormido nunca en su cama y no sentía haber esperado para que Dax fuera el primero. Sin embargo, ¿qué ocurriría a la mañana siguiente? ¿Se terminaría lo que habían compartido o era aquella noche el inicio de una relación en todos los sentidos? ¿Sería demasiado pronto para hablar al respecto o acaso debía saber ya que solo se trataba de una noche?

—Estupendo. Ahora duerme un poco. Vas a necesitarlo, Elise. Podría ser que me quedara también mañana por la noche.

Era como si le hubiera leído los pensamientos.

Tanto si se había dado permiso como si no, era demasiado tarde para fingir que no se estaba enamorando de él. Decidió guardar aquel sentimiento en secreto, muy cerca de su corazón.

Se quedó dormida con una sonrisa en los labios y se despertó de igual manera. Dax le hacía feliz y ella quería lo mismo para él. Sin embargo, no estaba en la cama. Su lado ya estaba frío. Elise frunció el ceño.

Se maldijo por haber pensado… Bueno, no importaba. Dax tenía toda la libertad del mundo para marcharse.

Cuando la puerta principal se abrió de par en par y Dax la llamó alegremente, ella estuvo a punto de dejar la taza de café que se acababa de preparar.

Él entró en la cocina muy sonriente. Le dio a Elise un beso en la sien y le entregó una bolsa.

—Hola, guapa. He traído *bagels*. Espero que te gusten. El desayuno es la comida más importante del día —dijo mientras le miraba la bata con curiosidad—, pero ahora no puedo dejar de preguntarme qué es lo que hay aquí debajo… El desayuno puede esperar unos minutos, ¿no te parece?

—Tal vez. Eso depende de lo bueno que estén esos *bagels* —replicó ella con una sonrisa, Entonces, se fijó en la otra bolsa que él llevaba en la mano—. Eso parece una bolsa de viaje. ¿Vas a alguna parte?

—He ido a recoger algunas cosas mientras estaba fuera. No vivo muy lejos de aquí. Me figuré que sería mejor que el lunes fuera vestido con un traje cuando me presente a trabajar.

Evidentemente, él había decidido pasar el domingo con ella y también la noche. ¿Sería aquel glorioso fin de semana la esperanza de que él hubiera cambiado?

—¿Qué es lo que está pasando aquí? —le espetó ella de repente, sin poder contenerse—. ¿Te vas a quedar todo el día, esta noche y luego qué? Lo siento, no puedo así. Necesito ciertos parámetros en mi vida.

Dax dejó caer la bolsa al suelo.

–¿Y qué clase de parámetros quieres? Nadie hay hecho promesas que no pueda mantener. ¿Acaso esperabas que me presentara con más cosas?

–En realidad, no esperaba que te presentaras. Pensé que te habías marchado.

–Te envié un mensaje. Pensaba que dormías con el teléfono en la mano, esperando desesperadamente que te llegara un mensaje mío.

Elise frunció el ceño y buscó el teléfono en su bolso. Estaba en silencio. Abrió el mensaje: «Volveré con el desayuno. Me muero de ganas de verte».

Respiró aliviada y suspiró. No hacía más que buscar razones para no confiar en él, pero Dax aún no la había desilusionado. ¿Qué era lo que le ocurría?

–Eh –musitó él mientras la tomaba entre sus brazos–. ¿De verdad pensaste que no iba a regresar? Tú no tienes aventuras de una noche. Lo respeto. Anoche no habría venido aquí si no lo respetara.

–Lo siento… Ahora me voy a callar –susurró ella. Temía haberle ofendido, aunque él parecía más bien preocupado.

–No quiero que te calles –le ordenó él tras retirarse ligeramente de ella para mirarla–. Tu boca es lo más sexy que tienes en todo tu cuerpo.

Con aquel comentario, la tensión desapareció, o más bien ella eligió ignorar todas las preguntas que aún le quedaban sin resolver para disfrutar del día con el hombre que le gustaba y al que ella le gustaba. Era un buen acuerdo… por el momento. A Elise no le gustaba no saber qué esperar o cuál era el plan, pero, al menos, sabía que aquel día Dax estaría en su casa y en su cama, algo que ya estaba deseando.

Se divirtieron viendo películas y almorzando comida china que les llevaron a casa.

–Deja que te lleve a algún lugar fantástico para cenar –le sugirió él mientras recogía las cajas de la comida para tirarlas–. Es decir, si es que vas a comer –añadió mientras le mostraba su caja medio llena para enfatizar sus palabras.

–No tengo mucha hambre –dijo, como tenía por costumbre. Inmediatamente, vio que Dax no se había creído aquella excusa.

–Elise…

–Me he comido la mayor parte. No es delito no tener hambre.

–Por supuesto que no –repuso él mientras la miraba durante unos instantes–, pero es que tú nunca tienes hambre. ¿Tienes algún problema que yo debería conocer?

–¿Te refieres a anorexia? –preguntó ella. La carcajada se le escapó antes de que pudiera evitarlo–. Me gusta demasiado la comida como para matarme de hambre.

–Tal vez no del todo –insistió él–, pero no tienes una relación saludable con la comida.

Dax la tomó suavemente de la mano. Resultaba evidente que estaba muy preocupado, pero a Elise no le ocurría nada más que el intenso deseo de no volver a estar nunca gorda. No había nada malo en eso.

–Gracias, pero estoy bien. Mi salud es preocupación mía. Durante mucho tiempo fui un patito feo. Una gorda. Cuando por fin perdí todo el peso que me sobraba, me juré que no volvería a recuperarlo. Me ayudo del control de las porciones.

—Elise —susurró él mientras le acariciaba la mejilla suavemente con los nudillos—. No sé cómo se siente uno estando gordo, pero no es justo que pienses que nadie puede comprender tu lucha.

Tendría que permitir que Dax supiera sus más íntimos secretos, sus más profundos temores. Significaría confiarle mucho más que su cuerpo. Sería confiarle su alma.

—Tal vez no lo estés haciendo conscientemente, pero lo estás haciendo —respondió él suavemente.

Elise se quedó sin palabras.

—Lo siento —dijo con sinceridad mientras le apretaba la mano—. Soy muy sensible con respecto a la comida a lo de estar gorda. Es una parte muy fea de mí. No estoy acostumbrada a compartirla con nadie.

—Tú no tienes nada feo —replicó él inmediatamente—. ¿Por qué diablos piensas que unos pocos kilos de más te hacen fea?

Decidió ser sincera y confiar en él.

—Ya has visto a mi madre. Estoy segura de que la persecución de la delgadez no te resulta tan extraña.

Dax se encogió de hombros.

—Pero tú no eres modelo, ni tampoco eres tu madre. Por lo tanto, tu peso no es requerimiento para tu trabajo.

Para él era fácil decirlo. Para los hombres, además, solía ser diferente, fuera su aspecto cual fuera.

–No es tan sencillo. Yo crecí rodeada de cisnes y era muy consciente de que no era uno de ellos. Por si ya no me sentía lo suficientemente mal por estar gordita, mi madre se aseguró de que no lo olvidaba ni por un instante. Al final todo salió bien. Me centré en las matemáticas y en los ordenadores en vez de sentirme atraída por los focos. Creé un negocio nacido del deseo de apartarme de la negatividad. Solo me puse delante de esas cámaras el día que nos conocimos por EA International. Incluso ahora, ayudo a pulir a ciertas mujeres porque sé lo que se siente estar en medio de cisnes sin nadie que te apoye.

–Me alegro de que encontraras la fortaleza necesaria para sentarte en ese plató –comentó Dax con una sonrisa–. Y me gusta mucho que hayas sacado algo positivo de tu mala experiencia.

–Hay más. Por eso mis preguntas para hacer el perfil escarban en el corazón de cada uno. Para que mis clientes puedan encontrar a alguien que los ame por lo que está en su interior, no por su aspecto.

La sonrisa desapareció del rostro de Dax.

–Lo entiendo.

Le aterraba pensar lo que él haría con tanto conocimiento.

# *Capítulo Once*

Dax llevó a Elise a cenar a la Reunion Tower. Cenaron mientras admiraban las vistas de la ciudad gracias al suave movimiento giratorio del restaurante. Debería haber sido una velada muy romántica.

Y lo fue, pero Elise no podía relajarse del todo.

Cuando regresaron a su casa después de cenar, Dax le quitó las llaves y abrió la puerta principal. Entonces, la tomó en brazos y atravesó así el umbral con ella.

—Tengo preparado algo muy especial y pensé que había que empezarlo con estilo.

—¿De verdad? —preguntó ella con mucha curiosidad—. ¿Y de qué se trata?

Dax la dejó en el suelo, pero Elise permaneció abrazada a su hermoso cuerpo.

—Sígame, señorita Arundel, y lo verá por usted misma.

Aquel comentario la hizo sonreír. Lo siguió a la planta de arriba y, en el momento en el que ella entró en el dormitorio, Dax se dio la vuelta y le dio un apasionado beso.

Elise dejó de pensar a medida que los labios de él la iban devorando y el deseo se apoderaba de cada rincón de su cuerpo. Sí... El calor se había apoderado del centro de su feminidad y la llenó de ansia por sentir a Dax. Quería que él le hiciera el amor exactamente como lo había hecho la noche anterior.

Lentamente, él la fue empujando de espaldas hacia la cama. Una vez allí, la obligó a sentarse y le quitó las botas para luego besarle delicadamente las pantorrillas. Ella observaba cómo se dirigía hacia los talones con los ojos entrecerrados, aún incapaz de procesar cómo alguien tan guapo podría estar a sus pies dedicándole toda su atención. Él levantó la mirada y Elise vio que tenía los ojos llenos de lujuriosa promesa. Al ver que él se centraba en la entrepierna, se echó a temblar.

Con hábiles y fuertes dedos, Dax fue subiéndole el vestido muy lentamente, acariciándole la piel mientras subía, para luego ocupar el espacio que dejaban los dedos con los labios y la lengua.

Elise lanzó un gemido de placer cuando él lamió el centro de su feminidad a través de las húmedas braguitas.

—Quiero verte, Elise —murmuró. Le quitó él vestido con habilidad y rápidamente unió al montón de ropa las braguitas y el sujetador.

Mientras él le dedicaba una tórrida mirada, Elise tuvo que hacer un esfuerzo sobrehumano para no ocultarse bajo las sábanas.

—Eres tan hermosa… —susurró. Sin dejar de mirarla muy fijamente, se sentó en la cama junto a ella. Seguía completamente vestido—. Quiero hacer que te sientas hermosa…

–Ya lo haces –afirmó ella automáticamente.

Bueno, en realidad hacía que ella se sintiera bien. Lo de sentirse hermosa era algo más difícil.

–Tal vez, pero puedo hacerlo mejor. Mucho mejor. Esta noche será para eso.

Metió la mano bajo la almohada y sacó una bolsa de pepitas de chocolate. Al verlas, Elise sintió que la boca se le hacía agua. Su cerebro no tardó en reaccionar.

–¿Qué hace ese instrumento de tortura en mi cama?

Dax sonrió.

–Me dijiste que te gustaba el chocolate.

Elise se sonrojó y cerró los ojos.

Dax se echó a reír y le besó los párpados cerrados para que ella los abriera.

–Quiero que disfrutes de una experiencia sorprendente.

Con una pícara sonrisa, la tumbó sobre la cama y abrió la bolsa de las pepitas de chocolate. Entonces, las derramó por el vientre desnudo de Elise. Las pepitas se derramaron por todas partes y ella trató de incorporarse automáticamente para recogerlas. Dax se lo impidió. Entonces, agarró una pepita entre los dedos y se la frotó por los senos, por la garganta y se la llevó hasta los labios, provocándola con ella.

El rico y dulce aroma del chocolate le drogaba los sentidos. Quería comerse aquel trozo de paraíso, pero no podía. Un instante en la boca… una eternidad en las caderas.

–Abre la boca –le ordenó él–, ninguna de estas calorías cuenta porque te prometo, cariño mío, que las vas a quemar todas enseguida.

La tentación era increíble. Y Elise perdió.

El chocolate le estalló entre los labios y la lengua. Un instante después, la lengua de Dax se entrelazó con la suya para saborear el chocolate junto con ella en un delicioso beso.

La sensación conjunta de Dax y el chocolate estuvo a punto de hacerle perder el control. Ella gimió de deseo, de rendición.

Dax fue dándole besos de chocolate por el cuello. Entonces, se detuvo un instante para colocarle varias pepitas alrededor del pezón para luego lamérselas una a una, pringándole luego los senos del chocolate que se había metido en la boca. Luego, procedía a lamérselo, provocándole a Elise una espiral de deseo que solo podía aliviarse de una manera.

Como si de nuevo le hubiera leído el pensamiento, Dax descendió hasta la entrepierna y le separó los muslos para besárselos por separado. Los músculos se le tensaron de anticipación. Mientras esperaba que llegara el íntimo beso que apagara aquel dulce fuego, Elise contuvo la respiración.

Él no la desilusionó. Elise sintió que una pepita le rozaba el centro de su feminidad para verse seguido de la lengua de Dax. Cerró con fuerza los párpados y permitió que sus sentidos se dejaran llevar por el placer.

–Sabes deliciosamente –murmuró él. Colocó

otra pepita y luego la chupó con tanta fuerza que ella alcanzó el orgasmo inmediatamente, con un estallido de chispas que le hicieron arquear la espalda y le arrancaron un grito de la garganta.

Inmediatamente, él se levantó y la invitó a un beso que sabía a chocolate y a su propia feminidad. Todo se mezclaba en sus labios creando un delicioso *bouquet*.

–¿Ves lo bien que sabes? –murmuró mientras le cubría la entrepierna con la mano para deslizar los dedos por los húmedos pliegues hacia el interior de su cuerpo, arrancándole otro poderoso clímax.

Presa aún del orgasmo causado por el chocolate, Elise no pudo distinguir uno del otro y tampoco quería. Por fin, las sensaciones fueron remitiendo, dejándola jadeando para poder respirar y casi ciega de los puntos de luz que cubrían su visión.

–Deliciosa –repitió él–. Hermosa.

Entonces, vino la guinda del pastel.

–Por cierto –añadió–. Por si no te ha quedado claro, acabo de demostrarte lo hermosa que eres. Acuérdate cada vez que te pongas chocolate en la boca, que espero que sea frecuentemente. No quiero que te olvides nunca de que eres hermosa o de que verte comer chocolate es muy excitante, tanto que me vuelve loco.

Elise parpadeó y se centró en su sonrisa. ¿Había estado tratando de psicoanalizarla con aquel pequeño truco? A partir de entonces, cada vez que pensara en el chocolate, lo asociaría con recuerdos que nunca habría imaginado hasta entonces, como el del increíble placer, el de un hombre guapo que sabía a pecado y a azúcar y, sobre todo, que el hecho de verla comer chocolate lo excitaba...

Elise estaba cayendo presa de una serie de emociones que no tenía ni idea de cómo manejar. Ciertamente, habría reconocido el amor, si era de eso de lo que se trataba...

¿Y si no era amor y se trataba de una alucinación inducida por el orgasmo? Peor aún, si se dejaba llevar y terminaba con el corazón roto.


Dax tomó a Elise en brazos y la llevó al cuarto de baño. Llenó la bañera y se pasó largo rato lavándole el chocolate que le cubría el cuerpo. Olía a chocolate y a mujer bien amada, a hogar. Todo ello formaba un aroma del que no se saciaba. No había tenido intención de alterar su propia percepción del chocolate, pero no volvería a saborearlo sin experimentar una erección.

Cuando ya no pudo soportar estar separado de ella durante más tiempo, se desnudó y se metió en la bañera. Ella lo observó sin pudor, mirando con apetito la potente erección. La pasión que había en los ojos de Elise despertó en él tanto deseo que no pudo hacer otra cosa que meterse en el agua y tomarla entre sus brazos. La besó con la boca abierta, apasionada y bruscamente. Elise se fundía con él, encajándose contra su cuerpo. El agua se salía de la bañera.

Dax consiguió ponerse el preservativo a pesar

de que la colaboración de Elise estuvo a punto de provocar que no fuera necesario.

Los dedos aún le temblaban cuando se hundió en ella y le agarró con fuerza de los hombros. Entonces, echó la cabeza hacia atrás y dejó que las sensaciones se apoderaran de él. No tardó en darse cuenta de que algunas no eran físicas. El profundo sentido de lo que podía etiquetarse como felicidad saturaba la experiencia, iluminándolo por dentro. Saboreó esa armonía, la perfección de aquel momento.

Elise, que se sentía impaciente por tanta contemplación, comenzó a marcar el ritmo. Dax se lo permitió porque era maravilloso. Cuanto más rápido se movía ella, más alto subía Dax. Se le escapó un potente grito de la garganta que no pudo contener cuando ella lo empujó hacia el clímax.

Le estaba costando tanto contenerse que la acarició íntimamente, suplicando en silencio que ella se dejara llevar. Inmediatamente, Elise se tensó y provocó con su clímax el de él. Dax se vertió en una fuente de inmenso alivio.

Elise cayó sobre su torso y él cerró los ojos, gozando con la sensación de estar piel contra piel y con el gozo y la paz interior que solo había experimentado estado con Elise.

Estar con ella evocaba tantas cosas que él no era capaz de describir, cosas que esperaba no perder nunca. Sin embargo, dado que no sabía cómo había ocurrido aquello, ¿qué garantía tenía de que no se despertara al día siguiente y se encontrara de vuelta en el mundo real, donde Elise no era su alma gemela? Porque allí, en aquella realidad alternativa en la que había caído, se sentía como si ella fuera de verdad su media naranja.

Contra todo pronóstico, quería creer que el concepto existía, que podría ser posible para él. Para ellos.

Después de que se secaron y se volvieron a acomodar en la cama, Dax murmuró:

—Elise, tienes que prometerme una cosa.

—Lo que sea.

—No pares. Sigue haciendo lo que estás haciendo y no pares. Incluso aunque yo te lo diga.

Ella se giró y levantó la cabeza para mirarlo en la oscura habitación, que estaba iluminada tan solo por la luz de la luna.

—¿Por qué?

—Porque estoy...

«Enamorándome de ti».

Cerró los ojos con frustración, miedo y solo Dios sabía qué más. ¿Qué era lo que le pasaba que no era capaz de ponerle voz a sus sentimientos para decirle a aquella maravillosa mujer lo que ella le hacía sentir o al menos poder confesarle que ella le hacía querer ser mejor de lo que nunca hubiera creído posible?

Quería ser el hombre que ella se merecía. Por primera vez en su vida, no quería apartar a una mujer de su lado. Sin embargo, sabía que iba a hacerlo de todos modos.

No podía decirle todas aquellas cosas porque

Elise no era su alma gemela. Era la de otro hombre y él estaba estorbando. Por el bien de ella, tendría que terminar lo que había entre ellos.

Aquel pensamiento estuvo a punto de dividirlo en dos.

–Eh... –le dijo ella mientras le acariciaba la mandíbula para animarle a abrir los ojos–. ¿Qué te pasa? A ti nunca te han faltado las palabras.

Dax se echó a reír muy a su pesar.

–Sí. Esto es muy poco normal…

–Explícate. ¿Qué es poco normal? ¿Que estemos en la cama juntos? ¿Estás a punto de decirme que tu reputación con las mujeres es muy exagerada? No voy a creerte. Las cosas que me has hecho solo pueden ser el resultado de años de pecaminoso estudio.

–He disfrutado mucho del sexo, pero no ha sido nunca nada como esto. Tú marcas la diferencia. No puedo explicarlo. Es… como más grande. Más fuerte. No sé lo que hacer al respecto.

–¿De verdad? –preguntó ella muy sorprendida–. ¿No es así con otras mujeres?

–Ni parecido. No sabía que podría ser diferente.

Si lo hubiera sabido, habría buscado a Elise hacía diez años.

–Pero yo soy solo yo. No estoy haciendo nada especial.

–No tienes que hacer nada especial. Simplemente es. ¿No lo sientes tú también?

Lentamente, ella asintió y Dax experimentó una gran sensación de alivio porque aquello no lo sintiera solo él. También se sintió culpable porque podría ser ya demasiado tarde para poder salir de aquella situación sin que ella sufriera.

—Lo siento. Me da miedo y no sé por qué —dijo ella mientras le agarraba la mano—. Como si no pudiera respirar cuando tú no estás. Pero tampoco puedo respirar cuando estás.

Exactamente. Eso era precisamente lo que él sentía. Ella era su aflicción. Y su cura.

—Tengo que decirte algo —anunció antes de perder el valor—. Tu madre te hizo sentirte mal sobre tu peso. Yo entiendo muy bien cómo las madres pueden darle forma a la visión que una persona tiene del mundo. La mía se marchó. Cuando tenía siete años.

—Cariño, lo siento mucho… —susurró Elise mientras le besaba la sien y lo abrazaba sin decir más.

—Es una estupidez dejar que me siga afectando. Lo sé —musitó mientras comenzaba a relajarse.

—Emparejándote con tu alma gemela, podrías ser feliz. Lo deseo para ti.

—¿Y si te dijera que yo también lo deseo?

Elise se quedó absolutamente inmóvil.

—¿Te refieres al compromiso, a los sentimientos, al felices para siempre?

La esperanza le brillaba en los ojos.

Durante un breve instante, Dax sintió que la esperanza se le apoderaba del corazón. Lo de «felices para siempre» sonaba maravilloso. Entonces, la realidad se hizo cargo de la situación y aplastó todo lo bueno. Esos sentimientos cambiarían, o se desvanecerían, y él demostraría que era igual que su madre y se marcharía como ella lo había hecho.

Era el hombre equivocado para Elise. Ella anhelaba el amor verdadero. Estar con ella le haría desear cosas que no podría tener.

¿Por qué no había mantenido la boca cerrada y la cortina echada? No podía continuar con aquella locura y hacerle creer a Elise que tenían un futuro.

Tenía mil razones por las que debería marcharse en aquel mismo instante antes de que fuera demasiado tarde, antes de que pudiera hacerle más daño a Elise.

–¿Por qué te sorprendes tanto? –le preguntó–. Esta es tu especialidad. ¿Acaso no te empeñaste en hacerme cambiar de opinión sobre el amor?

–No soy tan buena…

–Por supuesto que lo eres. Las parejas que uniste piensan que eres como el hada madrina que afirmas ser.

–¿Significa eso que he ganado la apuesta? –preguntó ella con una sonrisa.

–La apuesta está anulada.

–Lo siento –dijo ella. Su confusión envolvió a Dax por completo e incrementó la tensión insoportablemente–. ¿Y el matrimonio? ¿Te parece una opción para ti?

Cuanto más tardara, más esperanza iba ella a sentir.

–Tal vez algún día. Con la mujer adecuada.

–Espera un momento. Pensaba que estabas hablando de tener una relación conmigo –dijo ella mientras se incorporaba en la cama y se sujetaba la sábana contra los pechos desnudos.

Dax reflejó en su rostro una expresión que pretendía comunicar que aquello no era más que una negociación que había ido mal y que las dos partes debían separarse amigablemente.

—Venga ya, Elise. Los dos sabemos que lo nuestro no funcionaría. Yo sabía que me faltaba algo y necesitaba que tú me dijeras qué era. Así que gracias.

Elise no se lo creyó, Era demasiado inteligente para creerse verdades a medias,

—Dax, lo que hay entre nosotros es bueno. ¿No quieres ver si funcionamos antes de renunciar?

—No importa lo que yo quiero. No puedo hacer promesas a largo plazo a nadie. Me gusta mantener mi palabra porque mi madre no lo hizo. No me puedo pensar siquiera en darle cariño a alguien y luego descubrir que no tengo lo que hace falta para permanecer a su lado.

—Pero a mí sí me puedes hacer promesas, porque soy tu alma gemela,

Aquellas palabras se abrieron camino a través de su increíble tristeza.

—¿Qué has dicho?

—Que yo soy tu alma gemela. La mujer perfecta para ti. El ordenador nos emparejó.

—Eso no es cierto —replicó Dax—. Me emparejó con Candy.

—No. Mi nombre salió primero, pero pensé que había cometido un error debido a las sesiones tan poco ortodoxas que habíamos celebrado. Por lo tanto, trabajé un poco con las respuestas hasta que salió el nombre de Candy.

–¿Que hiciste qué? –le espetó él con incredulidad.

–Fue lo más ético que podía hacer. Pensé que había comprometido los resultados por lo que sentía por ti.

–A ver si lo entiendo –dijo él mientras se pellizcaba la nariz para tratar de contener su ira–. ¿Tenías unos sentimientos tan profundos por mí que me emparejaste con otra persona que no es mi alma gemela?

Se sentía furioso. Se levantó de la cama y se puso los pantalones, pero permaneció mirando la pared con los puños apretados hasta que se calmó lo suficiente para hablar racionalmente.

–¿Y por qué me lo dices ahora? ¿Por qué no me lo dijiste al principio?

La apuesta. Ella había estado tratando de ganar y había alterado los resultados para conseguirlo. Era la única explicación. La ira volvió a apoderarse de él con fuerza.

–No era ningún secreto –dijo ella a la defensiva–. Pensé que te reirías y harías una broma de mal gusto al respecto, como que yo no podía resistirme a ti. Además, quería que tuvieras posibilidad de encontrar a tu alma gemela.

–Que no eres tú…

No podía serlo. Su alma gemela no le habría dejado creer durante tanto tiempo que él era el problema. Que estaba roto y que, por eso, el programa de Elise no podía encontrarle su pareja perfecta. Había confiado en ella. En vano.

Si Elise le hubiera dicho la verdad, todo podría haber sido diferente. Sin embargo, ella le había robado aquella posibilidad, la remota posibilidad de encontrar su final feliz.

—Lo soy —afirmó ella—. Mi programa se dio cuenta antes que yo.

—Perdóname por cuestionar los resultados cuando parece que tu proceso es, digamos, un poco subjetivo. De hecho, yo diría que la apuesta estaba viciada desde el principio, así que ahórrate la charla para venderme la moto, guapa.

—¿Viciada? ¿De qué estás hablando?

—Admítelo. Todo esto fue un intento para ponerme de rodillas, ¿verdad? Planeaste que ocurriera así. Eres mucho más hábil en esto de lo que había imaginado. Y pensar que estuve a punto de…

Elise había escarbado en su mente con el único propósito de descubrir sus más profundos anhelos y utilizarlos contra él. Era imperdonable.

Lo único bueno de todo aquello era que ya no tenía que preocuparse por cómo apartarse de ella. Elise había destruido la relación que ambos tenían tan solo con sus propias manos. Por suerte, él había descubierto la verdad antes de que fuera demasiado tarde. Su error, confiar en ella, aunque hubiera sido solo un poco.

—¿A punto de qué? Dax, no te entiendo.

—Todo este tiempo yo creía que tú estabas buscando una relación y que yo no. En el banco del parque, me dijiste exactamente lo que querías. Yo lo ignoré –dijo. Se dio la vuelta y se volvió a acercar a ella para blandir el dedo índice delante de la cara de Elise–. Me dijiste que querías ganarme en mi propio juego y, ¿sabes una cosa? Estuviste a punto de hacerlo.

Elise se echó a temblar. Aquellas habían sido exactamente sus palabras, pero él las había dado la vuelta… Increíble. Dax hacía que pareciera como si ella hubiera planeado a sangre fría hacerle daño y jugar sucio.

–Escucha. Este no era el juego que yo iba a ganar.

–Entones, ¿de qué juego estabas hablando? Ándate con cuidado, Elise. Evidentemente, no tienes ni idea de a lo que estás jugando.

–Esto no es un juego –gritó ella–. Cuando surgió mi nombre como pareja tuya, quise que fuera cierto. Te quería para mí y pensé que esos sentimientos comprometían mi integridad.

–Estás mintiendo. Si eso fuera cierto, no te habrías presentado tan difícil de conseguir.

Elise no podía contradecir su lógica, pero estaba sacando las conclusiones equivocadas.

–La verdad es que creí que no era suficiente para conseguir que cambiaras de opinión sobre los finales felices.

–¿Suficiente? ¿A qué te refieres?

–Suficientemente guapa, suficientemente buena, suficientemente delgada… Elige tú mismo.

Dax volvió a soltar una carcajada.

—Ahora lo entiendo. Dijiste que te costaba confiar, pero, en realidad, no confías en absoluto. Jamás tuviste intención de darme una verdadera oportunidad, ¿verdad? Ese es el juego en el que querías derrotarme. Conseguir que confesara mis sentimientos y luego hacerme caer. Buen trabajo.

—Claro que quería darte una oportunidad. Tú me dijiste que no funcionaríamos.

Dax alzó las manos con desesperación.

—Esta es la razón por la que no tengo relaciones. Esta conversación es como un círculo vicioso.

Elise lanzó una maldición al darse cuenta de su error. Él era un maestro en tergiversar las cosas. Dax había desarrollado sentimientos hacia ella, pero había tenido miedo. Eso era todo.

Tenía que andarse con mucho cuidado.

—Anoche, antes de que me besaras —susurró ella— dijiste que ibas en serio. ¿A qué te referías?

—Me refería a que me estaba enamorando de ti —admitió él con expresión sombría—. Yo... olvídalo. Es demasiado tarde ya para tener esta conversación.

¿Que Dax se estaba enamorando de ella? Aquella revelación la dejó sin palabras y le atravesó dolorosamente el corazón, porque él lo había confesado por fin, pero le estaba diciendo que se olvidara de todo. Como si Elise pudiera.

Aquello demostraba que lo había conseguido. Su programa era infalible. El ordenador los había emparejado porque ella tenía la capacidad de comprenderlo, de ver al verdadero Dax. Igual que le ocurría a él con Elise. ¿Por qué no se había dado cuenta antes?

—No es demasiado tarde —afirmó mientras se ponía de rodillas y le suplicaba sin palabras algo que no sabía ni siquiera cómo expresar—. Vamos a solucionarlo.

—¡No quiero! —rugió él—. Elise, creía que estaba roto, que la razón por la que no podía encontrar a mi alma gemela era porque yo tenía algo de malo. Me sentía culpable por desearte cuando tu alma gemela debía ser alguien mucho mejor que yo. En vez de eso, descubro que me has estado mintiendo desde el principio. Jamás confiaste en mí.

—No sabía cómo te tomarías que yo fuera tu pareja. No tienes nada malo. Soy yo y mis historias…

—Sé que tiene un problema para creer que eres hermosa —dijo él—. Quieres encontrar el amor verdadero, pero no permites a nadie acercarse lo suficiente para confiar en que te ama. Por eso no has tenido ningún vínculo con nadie.

—He estado esperando a alguien que me amara. A la verdadera Elise.

—Sin embargo, te obsesiona pensar que no eres lo suficientemente hermosa. Si alguien te ama solo por tu aspecto, no es verdadero amor. Tampoco es amor negarse a confiar. Tienes mucha cara por haberme sermoneado sobre algo de lo que no sabes nada.

—Tienes razón —admitió ella—. No confié plenamente en ti. No sé cómo.

—Yo me creí lo que me estabas vendiendo —dijo

él con voz apagada–. Yo quería algo más que sexo. Comprensión, apoyo. Un vínculo.

Todo lo que ella había deseado. Para ambos. Sin embargo, de algún modo, Elise lo había estropeado todo.

–Yo también quería eso de lo que hablas…

Una lágrima se deslizó por la mejilla de Elise.

–No eres capaz de darme esas cosas. Se ha terminado, si es que empezó alguna vez. No puedo hacerlo.

Con eso, Dax salió rápidamente del dormitorio. Elise lo dejó marchar. No sabía cómo arreglarlo. Menuda experta en relaciones estaba hecha.

# *Capítulo Doce*

La fatiga se había apoderado de Dax. La fatiga y el peso de su corazón.

El teléfono vibró. Lo miró inmediatamente. Elise. Borró el mensaje sin leerlo igual que había hecho con los otros tres. No quería escuchar nada de lo que ella le pudiera decir.

Se dio la vuelta en su sillón para mirar por la ventana. Casi involuntariamente, su mirada se prendió del edificio que quedaba prácticamente frente al suyo, en el que Reynolds Capital Management solía estar. Dax había oído que Leo había cambiado de negocio y se había asociado con Tommy Garrett, un genio prácticamente adolescente.

No era propio de Leo. Habían sido amigos mucho tiempo, hasta que Daniella apareció y lo estropeó todo. La dureza que había en su pecho comenzó a dolerle. La necesidad de golpear algo fue creciendo hasta que le fue imposible seguir sentado a su escritorio.

Llamó inmediatamente a Patricia y le pidió que buscara la dirección de Garrett-Reynolds Engineering. En cuanto la consiguió, se dirigió a su coche. Había llegado el momento de hablar con Leo de una vez por todas.

Desgraciadamente, Leo no estaba en su despacho. Dax miró a Tommy Garrett, a quien había conocido en una fiesta hacía ya bastante tiempo. El muchacho aún parecía más un surfista que un directivo de una importante empresa.

–Lo siento, tío –dijo Tommy mientras se metía un dorito en la boca–. Leo sigue de vacaciones, pero estoy bastante seguro de que está en casa si quieres ir a verlo allí.

Dax regresó a su coche y se dirigió a casa de su amigo. Cuando llegó, vio que Leo lo estaba esperando en los escalones de acceso a su mansión.

–Dax –le dijo Leo afectuosamente. Parecía descansado y estaba muy bronceado–. Me alegra verte. Has hecho bien en venir a verme.

Dax lo miró con incredulidad. ¿Quién era aquel hombre? No se parecía en nada al Leo que él conocía.

–Entra, por favor. Dannie nos está sirviendo unos tés helados.

Siguió a Leo a una soleada sala con vistas al hermoso jardín de la finca. Daniella entró con una bandeja, sonrió a Dax y les dio a cada uno de los hombres un vaso.

–Me alegro de verte, Dax –dijo ella–. Os dejaré solos.

Elegante como siempre, Dax observó cómo le daba un beso a su esposo en la frente, pero él le agarró la mano y le devolvió el beso en los labios. Intercambiaron una sonrisa que parecía más bien un idioma secreto. Resultaba evidente que estaban enamorados y eso le atravesó a Dax el corazón porque él no tenía aquel tesoro y carecía de toda esperanza de tenerlo algún día. Por muy extraño que pudiera parecer, ansiaba tener lo que poseían Leo y Daniella.

Cuando Daniella se marchó, Dax miró a Leo frente a frente.

—Supongo que te estarás preguntando qué es lo que hago aquí.

—En realidad no —replicó Leo con una sonrisa—. Dannie y Elise son muy buenas amigas. Supongo que eso no lo sabías.

Efectivamente. No sabía que las dos mujeres eran amigas, seguramente Daniella ya lo sabía todo desde aquella mañana,

—¿Y tu esposa te lo cuenta todo?

—Sí.

—Anoche fue horrible…

—Te compadezco, que es más de lo que tú hiciste por mí cuando yo estuve pasando por algo muy similar.

Aquel comentario le dolió.

—¿Tú pasaste también por esto?

Leo y Daniella tenían una relación sin esfuerzos, como si hubieran nacido el uno para el otro y jamás tuvieran que cuestionarse ciertas cosas, como si confiaban el uno en el otro.

—No, no es lo mismo porque somos personas diferentes, enamorados de mujeres muy diferentes.

—Yo no estoy enamorado de Elise.

Tal vez había estado a punto, pero ella lo había

impedido. De algún modo, era peor darse cuenta de que el amor no era un cuento de hadas y ver cómo un minuto después a uno le rompían el corazón.

Leo lo miró e hizo un gesto burlón.

—Ese es tu problema ahora mismo. La negación. Eso y la incapacidad de darle a nadie una oportunidad.

—Eso no es cierto —estalló Dax—. Fue ella la que no me dio una oportunidad. Me mintió. No puedo confiar en nadie.

No existía nadie en quien pudiera confiar. Se habría apostado lo que fuera a que Elise sería la persona que comprendía al hombre que había al otro lado de la cortina. De hecho, así lo había hecho. Se había apostado quinientos mil dólares y ella jamás había perdido de vista el premio. Dax debería aprender la lección.

—Puedo estar todo el día dándote consejos sobre las relaciones personales si eso es lo que buscas. Sin embargo, no creo que hayas venido a descubrir que te defiendes alejando a las personas de ti, porque eso creo que ya lo sabes.

Así era. Terminaba las relaciones antes de que le importaran. Dejaba a las mujeres antes de que ellas pudieran hacerle daño. No había misterio alguno en todo aquello. La pregunta era por qué había bajado la guardia con Elise.

Dax dio un sorbo a su té y decidió sincerarse con Leo.

—He venido para que me cuentes por qué elegiste a Daniella. ¿Por qué te casaste con ella? ¿Qué tiene de especial?

—Estoy enamorado de ella —respondió Leo. El rostro se le había iluminado—. La amo porque me convierte en un hombre completo. Me capacita para ser yo mismo. Me despierto todos los días deseando hacer lo mismo por ella. Por eso nos emparejó Elise. Porque somos almas gemelas.

Dax estuvo a punto de soltar una carcajada, pero se contuvo. Las pruebas eran evidentes y él no tenía derecho alguno a mostrarse cínico al respecto.

—¿Y mereció la pena terminar una amistad por ella?

Leo se incorporó un poco en su asiento.

—Dax, yo no terminé nuestra amistad. Lo hiciste tú. Cuando decías cosas sin sentido sobre mi esposa, no te estabas comportando como un buen amigo. Tampoco cuando me exigiste que eligiera entre tú y ella. Yo lo pasé muy mal, preguntándome cómo podía amar a mi esposa y seguir llevando la vida de adicción al trabajo que pensé que quería. Necesitaba un amigo, ¿Dónde estabas tú entonces?

No había censura en la voz de Leo, pero debería haberla habido. Se había portado muy mal con Leo entonces y, sin embargo, él había dado la bienvenida a Dax en su casa sin rencores.

—Fui muy egoísta —musitó—. Lo siento.

—No pasa nada. Me alegra que hayas venido hoy. Llevo mucho tiempo esperando que lo hicieras.

—Gracias por dejarme entrar…

—No hay problema. Me daba la sensación de que

necesitabas un amigo después de lo que ocurrido con Elise. Por lo que he oído, fue duro, pero me gustaría que me lo contaras tú.

–Su programa de ordenador nos emparejó –dijo Dax mientras miraba por la ventana–, pero a ella no le interesaba yo ni tampoco encontrar el amor de su vida. Ni la ética profesional. Solo ganar.

–Vi la entrevista de televisión. Te mostraste implacable con ella. ¿Acaso puedes culparla por querer defenderse?

–Me ha hecho mucho daño…

–Siembra vientos y recogerás tempestades. Yo me casé con Dannie dando por sentado que quería una esposa que se ocupara de mi casa y me dejara en paz. Y eso fue lo que tuve hasta que me di cuenta de lo que realmente quería. Por suerte, ella estaba esperando a que me diera cuenta. Tú no le has dado a Elise ni una oportunidad.

–Yo no hago promesas que no soy capaz de cumplir…

Fue una respuesta automática, la que daba siempre. Sin embargo, aquella no era la razón por la que terminó con Elise. El problema era mayor que darse cuenta de que era como su madre. También temía ser como su padre. Un ser patético, que añorara a una mujer que no le quería y que esperara en vano a que ella regresara.

Elise no le había contado la verdad y él no podía confiar en que ella permaneciera a su lado. Si se permitía amarla y ella se marchaba, estaría condenado a una vida de sufrimiento y a una eternidad de soledad porque jamás superaría haber perdido a su alma gemela.

Cuando el timbre sonó, Elise sintió que el pulso se le aceleraba. Abrió la puerta y era Dannie, acompañada de Juliet, la princesa de Delamer.

–¿Qué estáis haciendo aquí Juliet?, se supone que deberías estar en tu luna de miel.

–Mi esposo está en Nueva York, reunido con un montón de aburridos diplomáticos europeos. Lo echo de menos, pero estoy en deuda contigo por haberme devuelto al amor de mi vida.

–Hemos traído vino y chocolate, dado que tú nunca tienes en la casa –dijo Dannie.

–Para mí nada de chocolate –susurró Elise.

–Vamos, Elise. Vive un poco. Cuando un hombre se comporta como un imbécil, el chocolate es la única cura.

Dannie se marchó a la cocina a por unas copas de vino y un sacacorchos. Al escuchar que Elise se echaba a llorar, regresó y la abrazó mientras Juliet contemplaba la escena sin saber qué hacer.

Dannie le acariciaba el cabello y la animaba a que llorara. Elise no se podía contener.

–No pasa nada. Llora todo lo que quieras –le sugirió Dannie.

–No funcionó por mi culpa. El problema soy yo, no Dax.

–Eso es ridículo –protestó Dannie.

–Eso no me lo creo –replicó Juliet al mismo

tiempo que su amiga–. Siempre es culpa del hombre.

Elise sonrió ante un apoyo tan incondicional.

–A Dax le cuesta mucho confiar en la gente –explicó–. Yo lo sabía. Sin embargo, no le dije que el ordenador nos había emparejado y él lo ha tomado como una traición.

–¿Y qué? Cuando se ama a alguien, se les perdona si cometen un error –afirmó Juliet–. La gente comete infinidad de errores. Nos hace humanos.

–A veces debemos deducir lo que es mejor para ellos, aunque no lo sepan ni ellos mismos –añadió Dannie–. Eso también forma parte del amor. Ver bajo la superficie para comprobar qué es lo que quiere un hombre en vez de aceptar lo que él dice que quiere.

–En ocasiones, el amor no es suficiente –dijo Juliet–. A veces, se hace demasiado daño a la persona a la que se ama y no se puede enmendar. Esa es la lección para mí.

Juliet y Dannie se miraron.

–Ve a por el vino –le dijo Dannie a su amiga, Entonces se sacó un estuche de terciopelo del bolso.

Juliet regresó con las copas y le entregó una a cada una. Entonces, las tres amigas se sentaron en el sofá. Dannie le entregó el estuche a Elise.

–Ábrelo.

Elise abrió el estuche y encontró un collar de plata. Un corazón dentro de un corazón colgaba de la cadena. Sorprendida, miró a sus amigas.

–Gracias, pero, ¿a qué viene esto?

Dannie abrió el broche de la cadena y se lo colocó a Elise alrededor del cuello.

–Tú nos regalaste un collar cuando terminamos la fase de pulimiento, cuando estábamos a punto de embarcarnos en la mayor aventura de nuestra vida. Tuvimos tus consejos desde el principio y permanecen con nosotros desde entonces, reflejados en la plata.

–Un corazón abierto –dijo Juliet señalando el colgante de Dannie. Luego hizo lo mismo con el suyo–. Corazones abrazados el uno al otro. Son mensajes sencillos, pero profundos, sobre el amor. Queríamos devolverte el favor.

Elise miró el corazón más grande con el otro más pequeño en su interior. Su emparejamiento había sido un desastre, al contrario de los de Dannie y Juliet. Por supuesto, resultaba más fácil ver ciertas cosas desde el exterior. ¿Por qué resultaba tan difícil ver los asuntos del propio corazón de cada uno?

Eso era. Un corazón dentro de otro corazón. De repente, comprendió el significado del colgante. El corazón más grande era el amor entre un hombre y una mujer, que tenía la capacidad de ser maravilloso y eclipsar todo lo demás. El que había en su interior indicaba el amor por uno mismo. Ella tenía que ser suficiente por sí misma, con o sin un hombre a su lado. Hasta que creyera que merecía el amor de un hombre como Dad y le permitiera amarla, no se convertiría en su alma gemela. No sería su emparejamiento perfecto.

–Sé cómo conseguir mi final feliz o, al menos, intentarlo. ¿Me ayudaréis?

–Claro que sí –anunciaron las dos mujeres a la vez.

–Tienes un plan –sugirió Dannie.

Elise asintió lentamente.

–Wakefield Media tiene un palco en el T&T Stadium, pero Dax nunca va. Odia a los Cowboys. Sin embargo, necesito que esté presente el domingo. ¿Puedes conseguir que Leo se invente alguna excusa para que los dos vayan al partido?

–Por supuesto –afirmó Dannie con una sonrisa–. Leo hará lo que yo le pida. Por cierto, por fin me salieron las dos rayitas esta mañana.

–Cuánto me alegro –dijo Elise–. Sois las mejores mujeres que he tenido el placer de conocer.


Lo último que Dax quería hacer era ir a un partido de los Cowboys, pero Leo insistió tanto que no pudo negarse. ¿Cómo iba a decirle que no a un amigo con el que acababa de recuperar la amistad después de tanto tiempo?

El estadio estaba a rebosar y bullía con el movimiento y los gritos de los espectadores. Cuando Leo y él llegaron al lujoso palco, agradecieron el silencio que reinaba en su interior. Le pidieron una cerveza a una camarera y se sentaron en las cómodas butacas de piel.

Leo levantó su botella y brindó con la de su amigo. Los dos dieron un largo trago de cerveza.

–Gracias por esto. Pensé que nos vendría bien salir un día solos.

–De nada. Nadie iba a utilizar el palco hoy y además los Cowboys juegan con los Redskins. Merecerá la pena ver cómo los Redskins aplastan a los locales.

El partido empezó por fin. Estuvieron disfrutando juntos del espectáculo hasta el descanso. Entonces, Leo se aclaró la garganta.

–Llevamos siendo amigos mucho tiempo, pero en mi vida han ocurrido cambios importantes. Yo he cambiado. Espero que puedas respetar quien soy ahora y que no afecte en lo sucesivo a nuestra amistad –dijo sin dejar de mirar el campo–. Tengo que decirte una cosa. Es muy importante.

–Me estás asustando…

–Voy a ser padre.

–Enhorabuena. Me alegro mucho.

Leo iba a tener una familia. Los celos se apoderaron de él. Dax jamás había pensado en tener una familia. De hecho, ni siquiera había pensado que la quisiera.

–Es la segunda mejor cosa que me ha ocurrido después de casarme con Dannie. Pero no es eso por lo que insistí que saliéramos los dos solos. La razón es esa.

Leo señaló hacia la pantalla gigante del estadio. Había aparecido el rostro de una mujer. Elise.

Dax sintió que el pulso se le aceleraba.

–¿Qué está pasando?

Los altavoces le dieron su repuesta.

–Muchas gracias por darme treinta segundos,

Ed –dijo la voz de Elise resonando por todo el estadio–. Me llamo Elise Arundel y me dedico a unir almas gemelas.

¿Qué estaba ocurriendo? ¿Era publicidad?

–Algunos de ustedes seguramente me vieron en televisión hace unas semanas en una entrevista con Dax Wakefield. Ese día, hicimos una apuesta. Si yo emparejaba al señor Wakefield con el amor de su vida, él me alabaría en público en la Super Bowl. Desgraciadamente, he perdido la apuesta –dijo ella. Dax se quedó atónito al escucharla–. Por eso, quiero felicitarlo públicamente y reconocer que ha ganado. Puede arruinar mi negocio. De hecho, soy tan buena perdedora que voy a permitirle que lo haga en un partido de fútbol. Lo único que tiene que hacer es reunirse conmigo delante de las cámaras y decirle a todo el mundo que no conseguí cambiar su visión del amor verdadero y que sigue creyendo que las almas gemelas no existen.

Dax se dio la vuelta y allí estaba ella, tan cerca que podía tocarla. La echaba tanto de menos… Un cámara entró en el palco y enfocó a Dax. Él ni siquiera pudo esbozar una sonrisa, y mucho menos su pose ante las cámaras.

–¿A qué viene todo esto, Elise?

–Ya te lo he dicho. Es tu momento de gloria. Tu oportunidad para arruinarme. Hazlo.

Miles de ojos estaban pendientes de lo que estaba ocurriendo. Tenía que hacer algo. Inmediatamente. Abrió la boca y la cerró. No podía hacer lo que ella le había pedido.

–El amor verdadero no existe para mí y tu proceso de emparejamiento tiene fallos –gruñó él–. ¿Es eso lo que querías que dijera?

Hecho. Todo el mundo acababa de escuchar cómo arruinaba a Elise. Sus declaraciones se retransmitirían por todo el país. No le cabía ninguna duda. Sintió un profundo vacío en el estómago. La victoria estaba más vacía que sus tripas.

Elise lo miraba fijamente, con una expresión de absoluta vulnerabilidad en el rostro.

–¿Eso es todo? ¿No tienes nada más que decir?

–He terminado.

¿Acaso no había dicho ya más que suficiente? ¿No se daba cuenta Elise de lo doloroso que había sido?

Ella cruzó el palco y se acercó a él. Con el dedo extendido, le señaló la parte de su torso que más le dolía.

–Tienes que decirles toda la verdad. No solo admitiste que el amor es algo que les ocurre a otros, sino que también empezaste a creer en ello. En la posibilidad de las almas gemelas. Yo te emparejé con la mujer perfecta y tú te enamoraste de ella, ¿no es así?

Dax lanzó un gruñido. Ella había sabido leer entre líneas. La cortina no existía para ella.

–Sería injusto decir que ganó alguno de los dos cuando, en realidad, perdimos los dos.

Los ojos de Elise se llenaron de ternura y pena.

–Sí. Los dos perdimos algo muy valioso debido a mi falta de confianza en ti. Sin embargo, eso no significa que no seas merecedor de ella. Yo misma no podía confiar en que fuera la persona adecuada para hacerte cambiar de opinión sobre el amor verdadero. Estaba convencida de que terminarías nuestra relación después de un par de semanas. Cuando me enamoré de ti, yo…

—¿Estás enamorada de mí?

—Me temo que sí —admitió ella solemnemente—. Yo pensaba que el amor lo conquistaba todo, pero sin confianza, alguien puede ser perfecto para ti y aún conseguir fastidiarlo todo.

—¿Y cómo se sabe si se puede confiar en alguien para siempre? Eso es mucho tiempo.

—El miedo a lo desconocido es algo en lo que soy experta. Me gusta saber lo que va a ocurrir, saber que puedo depender de alguien, en especial cuando esa persona me promete algo tan grande como amarme durante el resto de mi vida. Da miedo. ¿Y si cambia de opinión? ¿Y si…?

—No voy a cambiar de opinión.

En el momento en el que pronunció aquellas palabras, se dio cuenta de que Elise le había empujado a admitir lo que sentía. Y lo que ello significaba.

—Por cierto, lo mismo digo —añadió—. ¿Cómo sé que tú no vas a cambiar de opinión?

—Tomémonos la relación día a día. Mientras te tenga a mi lado hoy, es la única garantía que necesito. Te amo… —afirmó ella delante de todo el mundo—. No tengo miedo a ponerme delante de todas estas personas y decirte lo que siento. ¿Y tú?

Era un desafío. Un desafío público. Si Dax decía que la amaba, sería lo mismo que admitir que ella había ganado. Lo mismo que admitir que ella había hecho todo lo que le había prometido en la entrevista.

–¿Qué es lo que estás tratando de conseguir aquí hoy? –le preguntó.

–Solo quiero que reconozcas todos tus fallos, pero para conseguirlo tenía que reconocerlo yo primero. Cuando mi ordenador me emparejó contigo, no se equivocó, pero yo sí. No te dije que yo era tu pareja. No estaba preparada para confiar en ti. Ahora sí lo estoy.

Elise acababa de demostrarlo declarando todo aquello delante de un montón de personas. Y lo había hecho por él. Porque lo amaba. De algún modo, eso le facilitó que pudiera confesar sus propios pecados.

–Yo… yo también he metido la pata. No quería permanecer a tu lado y descubrir que no podía confiar en que te quedaras a mi lado, por eso no lo hice yo. Siento no haberte dado esa oportunidad…

Elise empezó a llorar, pero su radiante sonrisa restó importancia a las lágrimas.

–No conociste a tu alma gemela porque tu alma gemela no estaba preparada para conocerte a ti. Sin embargo, ahora sí lo estoy –dijo ella extendiendo la mano–. Mi nombre es Shannon Elise Arundel, pero puedes llamarme Elise.

Dax no lo dudó. Agarró inmediatamente la mano que ella le ofrecía y tiró de ella para darle un beso. Cuando sus labios rozaron los de ella y se fundieron juntos, el corazón se le abrió para derramar la felicidad en su estado más puro.

Había encontrado a su alma gemela y la quería. Ella había estado un paso por delante de él todo el tiempo. Era la única mujer que era capaz de pensar más que él y de amarlo más que él a ella.

–Yo también te amo –susurró tras levantar ligeramente la cabeza–. Y, para que conste, preferiría llamarte… preferiría decir que eres mía.

Todos los espectadores pronunciaron un sonoro «ahhh». Sin apartar la atención de la mujer que tenía entre sus brazos, Dax extendió la mano para tapar la cámara con la palma de la mano. Algunas cosas no se debían retransmitir públicamente.

# Epílogo

La primera fiesta de la Super Bowl a la que asistía Elise resultó muy animada. Dax y ella habían acordado que la propia Elise lo prepararía todo con Dannie y un montón de amigas.

–Cielo –le dijo él desde el salón–, creo que es mejor que vengas a ver esto.

Ella dejó su copa de vino y se dispuso a ver qué era lo que quería Dax. Al llegar al salón, lo encontró delante de la enorme televisión.

El partido estaba en el descanso para publicidad y estaba otro a punto de empezar. De repente, un logo muy familiar se materializó en la pantalla. Era el logo de EA International.

–¿Qué has hecho? –le preguntó ella riendo.

–Te debía lo que cobras por encontrar pareja.

Se trataba de un anuncio con comentarios de otros clientes en los que alababan su gestión. Entonces, la cámara se centró en Dax.

–EA International se especializa en almas gemelas –comenzó a decir–. Y allí fue donde encontré la mía. Elise, te amo. ¿Quieres casarte conmigo?

Ella sintió que el pulso se le detenía. Todos los que estaban en la casa quedaron en silencio al ver que Dax se ponía de rodilla delante de ella.

–Lo siento, pero ya no puedo seguir llamándote señorita Arundel –le dijo mientras le guiñaba un ojo.

Elise no sabía si reír o llorar.

–En ese caso, puedes llamarme señora Wakefield.

Todo el mundo empezó a aplaudir.

Dax sacó entonces un estuche del bolsillo y le mostró un hermoso anillo de diamantes.

–Me intriga saber qué habías pensado como desenlace para ese anuncio si te decía que no.

–No había pensado nada –replicó él muy seguro de sí mismo mientras le ponía en el dedo el anillo–. Sabía que me dirías que sí.

El corazón de Elise se desbocó.

—Te amo –le susurró contra los labios.

–Yo también te amo a ti.

Por fin habían encontrado su final feliz. Los dos.

# Deseo

# DEREK

## Infierno y paraíso

### BARBARA DUNLOP

Los planes de reforma que Candice Hammond había hecho para el restaurante eran perfectos, o eso parecía, hasta que apareció el guapísimo millonario Derek Reeves. Discutían por todo y Candice estaba utilizando toda su habilidad negociadora para evitar que su proyecto de decoración acabara convertido en humo.

Derek Reeves sabía qué hacer para vencer siempre; no debía perder nunca la concentración, ni dejar que nada lo distrajera. Pero la estrategia empezó a resultarle muy difícil de cumplir cuando se quedó a solas con Candice. Fue entonces cuando ambos se vieron obligados a poner todas sus cartas… y toda su ropa sobre la mesa.

*Era sexy, atrevido… y solo jugaba para ganar*

## ¡YA EN TU PUNTO DE VENTA!

# Acepte 2 de nuestras mejores novelas de amor GRATIS

## ¡Y reciba un regalo sorpresa!

## Oferta especial de tiempo limitado

**Rellene el cupón y envíelo a**

**Harlequin Reader Service®**
3010 Walden Ave.
P.O. Box 1867
Buffalo, N.Y. 14240-1867

**¡Sí!** Por favor, envíenme 2 novelas de amor de Harlequin (1 Bianca® y 1 Deseo®) gratis, más el regalo sorpresa. Luego remítanme 4 novelas nuevas todos los meses, las cuales recibiré mucho antes de que aparezcan en librerías, y factúrenme al bajo precio de $3,24 cada una, más $0,25 por envío e impuesto de ventas, si corresponde*. Este es el precio total, y es un ahorro de casi el 20% sobre el precio de portada. ¡Una oferta excelente! Entiendo que el hecho de aceptar estos libros y el regalo no me obliga en forma alguna a la compra de libros adicionales. Y también que puedo devolver cualquier envío y cancelar en cualquier momento. Aún si decido no comprar ningún otro libro de Harlequin, los 2 libros gratis y el regalo sorpresa son míos para siempre.

416 LBN DU7N

_____
Nombre y apellido                    (Por favor, letra de molde)

_____
Dirección                            Apartamento No.

_____
Ciudad                    Estado                    Zona postal

Esta oferta se limita a un pedido por hogar y no está disponible para los subscriptores actuales de Deseo® y Bianca®.
*Los términos y precios quedan sujetos a cambios sin aviso previo.
Impuestos de ventas aplican en N.Y.

SPN-03                                    ©2003 Harlequin Enterprises Limited

# *Bianca*

## ¿Suya por una noche?

Cuando el millonario Matteo Santini compró una noche con Bella Gatti lo hizo para proteger su inocencia del peligroso juego en el que estaba atrapada. Nunca esperó quedarse tan enganchado de la poderosa atracción que sentía por ella o tan sorprendido por su desaparición al día siguiente.

Bella, camarera de hotel en Roma, había escapado de un bochornoso pasado, pero los recuerdos de esa noche con Matteo aún la perseguían. Estaban obligados a acudir juntos a una exclusiva boda en Sicilia y Bella sabía que el implacable magnate querría ajustar cuentas.

Pero cuando volvieron a verse quedó claro que la única forma de escapar sería pasando por la cama de Matteo.

## UNA NOVIA SICILIANA
### CAROL MARINELLI

## Secretos y escándalos

### Sara Orwig

El futuro del rico ranchero Nick Milan estaba bien planeado: se casaría con la mujer que amaba y tendría una deslumbrante carrera política. Pero su relación con Claire Prentiss terminó de forma amarga. Por eso no estaba preparado para desearla de nuevo cuando se volvieron a encontrar. O, por lo menos, no lo estaba hasta que ella le contó su increíble secreto.

Perder a Nick había sido muy duro para Claire, y ahora estaba obligada a decirle que tenían un hijo. Sabía que el escándalo podía destrozar su carrera; aunque, por otra parte, el niño necesitaba un padre.

*¿Tendrían por fin un final feliz?*

# ¡YA EN TU PUNTO DE VENTA!